# 大名やくざ4

## 飛んで火に入《い》る悪い奴

風野真知雄

# 大名やくざ4

## 飛んで火に入《い》る悪い奴

# 目次

# 大名やくざ　登場人物

**有馬虎之助《ありまとらのすけ》**　久留米藩六代目藩主。諱《いみな》は則維《のりふさ》。三百石の旗本の五男に生まれたが、運と才覚と腕っぷしで大名の座をもぎとった。じつはやくざの若親分で、人呼んで〈水天宮《すいてんぐう》の虎〉。

〈丑蔵一家〉

**辰《たつ》**　虎之助の母。亡き父・丑蔵の後を継ぎ芝～高輪一帯と上野を縄張りとする親分になった。一家の正業は駕籠《かご》屋。人呼んで〈不忍《しのばず》のお辰〉。

**槍《やり》の芳鉄《よしてつ》・どすぐろ権左《ごんざ》・ふくろう三八《さんぱち》**　丑蔵一家の幹部。独立してそれぞれ一家を構えている。

**つぶての町太《ちょうた》**　虎之助の弟分で、久留米藩の火消し頭になった。

**丑蔵《うしぞう》**　虎之助の祖父。江戸の四大やくざに数えられる大親分だったが、独眼竜の常に殺された。火消しとして赤穂《あこう》藩浅野家に出入りし、四十七士と親しかった。人呼んで〈火事の丑蔵〉。

〈敵対するやくざたち〉

**鎌倉の万五郎《まんごろう》**　四大やくざの一人。浅草～築地一帯という広大な縄張りを持つ。正業は魚屋と金貸しで、莫大な儲けがある。

**五寸釘のおしま**　万五郎の女房。人を呪《のろ》うのが得意。

**蛸《たこ》屋の鉄吉《てつきち》**　四大やくざの一人。新興地・深川が縄張りで、水運業の棟梁。銛《もり》打ちで敵を串刺しにする。

独眼竜の常《つね》　本名は常政《つねまさ》。四大やくざの一人だったが虎之助に敗れて自害した。

＊

里緒《りお》　虎之助の妻。心の病があり、虎之助とは離れて暮らす。大次郎《だいじろう》という子がある。

田村宋右衛門《たむらそうえもん》　久留米藩有馬家の用人。小心者で心配性。藩の莫大な借金が最大の心配事。

境勇右衛門《さかいゆうえもん》　南町奉行所の臨時回り同心。虎之助の友人。

梅香《うめか》　二升太夫《にしょうだゆう》と呼ばれる大酒飲みの花魁《おいらん》。大名とやくざが大嫌い。

紀伊国屋文左衛門《きのくにやぶんざえもん》　一代で財を成した若き大商人。梅香にご執心。

柳沢吉保《やなぎさわよしやす》　老中筆頭、大老格。綱吉の館林《たてばやし》藩主時代の小姓《こしょう》で、いまや十五万石の大名。虎之助が大名になれるよう、綱吉に根回しした。

徳川綱吉《とくがわつなよし》　徳川第五代将軍。

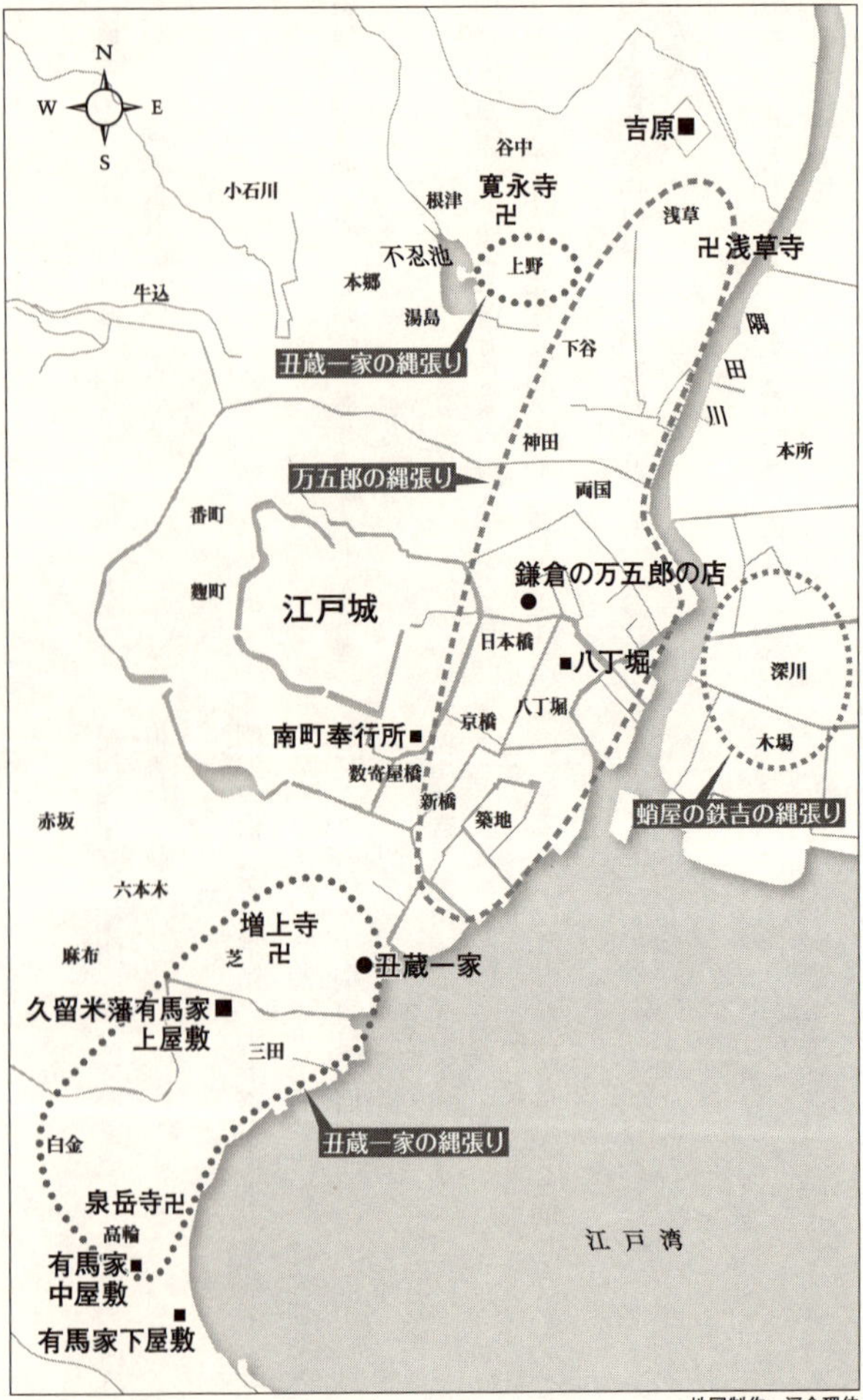
N
W
E
S
吉原
谷中
寛永寺
小石川
根津
浅草
浅草寺
不忍池
上野
本郷
牛込
湯島
隅
田
川
丑蔵一家の縄張り
下谷
神田
本所
万五郎の縄張り
両国
番町
鎌倉の万五郎の店
麹町
江戸城
日本橋
八丁堀
深川
八丁堀
京橋
南町奉行所
木場
数寄屋橋
新橋
築地
蛸屋の鉄吉の縄張り
赤坂
六本木
増上寺
麻布
芝
丑蔵一家
久留米藩有馬家
上屋敷
三田
丑蔵一家の縄張り
白金
泉岳寺
高輪
江戸湾
有馬家
中屋敷
有馬家下屋敷

地図制作・河合理佳

# 第一話「討ち入りのことは微妙なんだ」

九州は筑後《ちくご》の久留米《くるめ》城——。

この城は、長いことあるじが不在である。

前藩主・有馬《ありま》頼旨《よりむね》が病弱で、江戸から国許《くにもと》に帰ることすらできずにいた。

六代目の則維《のりふさ》も、まだ国許に入る予定が立たない。

これはやはり異常な事態である。江戸にいる藩主の意向がほとんど通じなくなっているのも、致し方ないだろう。

この時期、久留米城に天守閣はない。本丸の三階部分がいちばん高くなっている。

その本丸最上階に、いま男が二人。

城下を見下ろしている。

「野依《のより》たちはしくじった」

と言ったのは、有馬豊胤《とよたね》である。

前藩主の歳《とし》の離れた異母兄に当たる。

この豊胤を〈陰の藩主〉と、呼ぶ藩士は多い。陰といっても、地元の者にとってはじっさいには江戸にいる六代目より親近感がある。

民の評判も悪くない。

「豊胤さまは、いつもにこやかで、決して偉そうにしない。年貢の取り立てが厳しいのは、江戸表の催促のせいらしい」

ということになっている。

もちろん久留米では藩主として後押しし、次期藩主となるのは確実と思われていたのだが、いきなり現われた、予想もしなかった男に、藩主の座をさらわれたのだった。

これに対し、国許では刺客を差し向けた。一度ならず二度もである。

則維まで急死すれば、さすがにもう豊胤しか候補はいなくなるはずだった。

ところが、二度目の刺客たちもしくじり、おめおめと舞いもどって来たのである。

「なんと、あの四人がかりでしくじったというのですか？」

そう言ったのは、国許の家老・有馬兵庫《ひょうご》である。歳はまだ二十代後半だが、よく肥えて肌が脂ぎっているせいか、四十半ばくらいに見える。いかにも無駄に飯のおかわりをしていそうである。

有馬豊胤と、有馬兵庫。まだ若いこの二人が、血筋と家柄と、そしてじっさい頭が切れることもあって、久留米藩の国許をほぼ牛耳っていた。

「ああ。野依は残っているが、ほかの三人は昨夜遅くにもどって来た」

と、豊胤は顔をしかめながら言った。

「例の策を使ったのではないので？」

「使ったそうだ。だが、則維というのは、恐ろしく腕が立つらしい」

「あの四人が束になっても勝てないというのですか。信じられませんな」

「なんとも言いようのない、無茶苦茶な剣術を使うらしい」

「流派は？」

「流派などないらしい」

「流派に属さぬ剣術などあるのでしょうか？」

剣というのは、まずは道場に通って基礎を学ぶ。師匠から弟子へ技が伝えられる。

戦国の山奥でもあるまいし、いまはそういう時代なのである。

「一人は剣だと思って向かい合ったら、鍬《くわ》を振り回されたような気がしたと言っておった」

「鍬を？　百姓じゃあるまいし」

「つまりは、それほど下衆《げす》で荒っぽい剣なのだろう」

「それにしても野依がいて……」

藩でも一、二を争う遣い手なのである。

「だが、しくじったのだから、どうしようもない。運のいい男なのだろう。なにせ冷飯食いから大名になるくらいなのだからな」

豊胤はむしゃくしゃしてきて、近くに置いてあった湯呑《ゆの》みを、本丸最上階の窓から思い切り下へ放り投げた。

茶碗は大きく弧を描き、歩いていた藩士の頭に命中した。茶碗は割れ、藩士の頭から血が噴き出てきたらしい。

藩士は慌てふためき、周囲をきょろきょろ見回している。そのさまが面白くて、豊胤は、

「くっくっく……」

と、笑った。

それですこし胸のむかつきは収まった。

「まさか、ばれたのでは？」

有馬兵庫が訊《き》いた。

「だったら生かして帰したりはしないだろう」

「たしかに」

「しかも、用件まで言いつかって来た」

「どのような？」

「一つは、米以外に民がつくっているものを、一品ずつ江戸に送れと」

「なんのために？」

「久留米特産として江戸で売れるものを探すのだそうだ」

「剣は百姓で、やることはまるで商人ですな」

有馬兵庫は呆《あき》れたように言った。

「商人ならましだ。まるでやくざのようだと言われているらしい」

「やくざ？」

「無宿のろくでもないやつらをそう呼ぶらしい」

「藩主が無宿のようじゃ困りますな」

「困るさ」

二人はひとしきり笑った。

「それと、もう一つ。国許で暇な藩士がいたら、どんどん江戸に寄越せと」

「なんのために？」

「江戸には用心棒とか、もっこかつぎとか、浅蜊《あさり》の殻むきとか、仕事はいっぱいあると」

「それをやれというのですか？」

兵庫は目を丸くした。

「三十万両の借金は働いて返せと言っているらしい」

「則維さまには武士の誇りというものはないのですか？」

「ないからやくざみたいだと陰口を叩《たた》かれているのだろう」

豊胤は顔をゆがめ、壁にぺっと唾《つば》を吐きかけた。則維の顔に唾をかけてやったつもりである。

「どうにかして死んでもらうしかありませんな」

「むろんだ」

「次の刺客を？」

「うむ。それでわしは考えた。わしのところにおる小野寺十内《おのでらじゆうない》」

「はい」

「あれを逆刺客にして送り込んでみようかと思う」

「殿……」

と、兵庫は豊胤に言った。

殿と呼ばれても豊胤は咎《とが》めるわけでもない。

「なんだ？」

「小野寺は……」

「そうだ。死んだ前の江戸家老・渡辺主水《わたなべもんど》が、わしを暗殺するため送り込んで来た刺客だ」

「あのとき、殿が難を逃れたのは奇跡のようなもので、本当ならお命を奪われていてもおかしくありませんぞ」

「ああ。だが、わしはこういうときもあろうかと、懐柔したのだ。あやつの心根をとことん洗い落とし、新しい色に染め上げたのじゃ」

「たしかに、いまやすっかり殿を信奉なさっているのはわかります」

「しかも、こっちでめあわせた妻にべた惚《ぼ》れじゃ」

「ええ」

「あのときより居合いの腕も上がった。まず失敗はあるまい」

「なんと言って送り込むので？」

「しくじって牢《ろう》に入れられていたが、なんとか脱走したことにすればよいではないか。まさかこっちの味方になっているとは思わぬだろう」

「たしかに」

「ちと、痩《や》せこけてもどるようにせぬとな」

「ですが、江戸にもどると、里ごころがつき、またもや裏切る羽目になるのでは？　あれは江戸が長かったですから」

「あれの、わしへの心酔度がまさるか、里ごころがまさるか。ま、しくじったら野依に始末させるだけのことさ」

有馬豊胤は、嬉《うれ》しそうに笑った。

一

庭に出て火消しの訓練に参加していた有馬虎之助《とらのすけ》が、汗びっしょりになってもどって来ると、

「殿。お話しさせていただきたく」

と、廊下で野依新左衛門《しんざえもん》が頭を下げた。憔悴《しょうすい》し、顔色は緊張もあってか、真っ青である。

半月ほど前——。

この野依は国許からやってきた三人とともに、警護の訓練と称し、竹刀《しない》に毒針を仕込んで虎之助を暗殺しようとした。

だが、虎之助はそれを前もって察知し、四人を叩きのめしてやった。

しかも、野依には自分の家来になるか、それとも腹を切るか、選択を迫ったので

ある。

野依はしばらく、藩邸内の長屋に謹慎していた。

どうやら気持ちは定まったらしい。

「おう、どうした?」

あのとき四人で連携した技を見せたあとの三人は、暗殺にしくじり国許に帰っている。ついでに、暇な藩士は江戸に寄越せと言ってやったが、どうせまた、次の刺客でも送って寄越すのだろう。

まったく、悪いやつというのは頭も悪くて嫌になる。もうちょっとこっちが予想できないようなことをやってもらいたいものである。

もっとも、頭が悪いから、悪事が見合う——それで得られるものと、露見したときの罰や報復とを比べても、得をすると思ってしまうのだろう。せめて紀伊国屋《きのくにや》くらいの頭があると、こっちも叩き甲斐《がい》があるのだが。

やくざなどは、そういう馬鹿のおかげで食べられているようなものなのだ。

「則維さまの家来に」

と、野依は言った。

「おれのために命も投げ出すってんだな」

「はい」

「おれに寝返ったことを秘密にできるか？　いままでの仲間を裏切ることになるんだぜ」

「……………」

野依は辛《つら》そうにうなずいた。

「じゃあ、手はじめに訊きてえことがある」

「ええ」

「国許の連中は皆、国許派だわな」

「それはどうしても」

「だが、江戸屋敷にいるのが全員、江戸派とは限らねえ。国許派が入っている。どいつが怪しいかは、おれも田村《たむら》から聞いているし、だいたい見当はつく。だが、いちおう名前を教えてもらおうか」

「わかりました。ただ、もともと藩士の多くは熱烈にどっちかを支持するというのではなく、なんとなくこっちに義理があるからという程度の関わり方です」

「つまり、どっちつかずってわけだろ」

だいたい人というのは、そんなものなのである。

どっちかにべったり就こうなんてやつのほうが、思惑たっぷりのろくでもないやつなのだ。

「そうですね。さらに、跡目は則維さまに決まってしまったのだから、もうことさら反対するつもりはない、という者もいます」

「それでいいんだ」

「それらを除けば……」

ざっと十人ほどの名を紙に書かせた。

虎之助が愛宕山《あたごやま》で大怪我《おおけが》をさせた若山信右衛門《わかやましんえもん》もいる。

ほかに、竹田金吾《たけだきんご》といって、用人の田村宋右衛門《そうえもん》によく使われている男もいた。

「へえ、あいつもねえ」

虎之助は田村を呼び、事情を説明した。

「なんですと。殿をまた亡き者にしようとした？　まさか、あのときですか？」

そのとき、田村もいっしょにいたのである。下手《へた》したら、田村もやられていたのだろう。

「こいつもいっしょにな」

と、虎之助はかしこまっている野依を指差した。

「まさか、野依が……当藩きっての遣い手ですぞ」

「ああ、だから、あのとき、危なかったんだよ」

「野依、腹を切れ」

と、田村は言った。

「まあ、それは済んだことだ」

「済んだことですと。殿、お盆のお茶をひっくり返したのではありませんぞ」

「あっはっは。田村、お前もたまには冗談を言うのか」

「あ、いや」

「野依は今後、おれの味方をすることにしたそうだ」

「それは……」

田村は疑わしそうに、野依を見た。

「それで、この江戸屋敷にいる国許派は、こいつらなんだそうだ」

と、虎之助は田村に紙を見せた。

田村はざっと見て、

「えっ。竹田金吾もですか」

口をぱくぱくさせた。

「意外なやつも入ってるよな」

「驚きましたな。それで、殿、この者どもを粛清なさるのですか？」

「しゅくせいってなんだ？」

「つまり、成敗なさいますか？」

「いちいちそんな面倒なことはしねえよ。だいいち、殺しちまったら、一文にもならねえだろうよ。賢いやくざはそういう勿体《もったい》ねえことはしねえんだ」

「では、どうなさるので？」

「ふうむ。小指を詰めさせて十本並べても、将棋の歩には足りねえしな」

「小指を詰め……」

野依が青くなった。

虎之助はにやりと笑って言った。

「とりあえず、野依も入れて火の用心でもさせるか」

## 二

虎之助は、右腕の町太《ちょうた》といっしょに、丑蔵《うしぞう》一家の重鎮であるふくろう三八《さんぱち》の家を訪ねた。虎之助に、ぜひ相談したいことができたのだという。

三八は、虎之助が大名になったことは知らない。したがって、三田赤羽橋《あかばねばし》の屋敷に呼びつけるわけにはいかない。

昼間に三八と会うのはめずらしい。なにせ夜目が利くため〈ふくろう〉の綽名《あだな》がついたくらいである。じっさいまぶしそうにしている。色のついた眼鏡があればかけたいくらいらしい。

「どうした、三八？」

と、虎之助は訊いた。

「赤穂浪士《あこうろうし》の討ち入りで、ただ一人、生き残った人がいるのはご存じですよね」

「ああ。寺坂《てらさか》なんたらだろう」

「寺坂吉右衛門《きちえもん》さんといいます」

寺坂については、巷間《こうかん》いろんなことを言われている。

討ち入りには加わったが、そのあと怖くなって逃げたとか、一人だけ身分が違うので、別扱いされたとか。

じっさい、寺坂だけは正式な藩士ではなく、足軽の身分だった。

ふくろう三八は、丑蔵といっしょに何度も会っているという。丑蔵一家のなかで、寺坂と面識があるのも三八だけだそうだ。

「その寺坂がどうかしたのか？」

「江戸に入りました」

「ふうむ」

それは来てもおかしくないだろう。すでに浅野家は廃絶されたし、食いぶちを得るには、江戸がいちばんである。

虎之助も、寺坂とは一度会いたいと思っている。丑蔵が赤穂浪士について言い残した話には、いろいろ確かめたいこともある。

「上杉《うえすぎ》が狙っています」

「しつけえな」

虎之助は怒って言った。

だが、考えれば意外ではないのだ。

赤穂浪士は旧主の仇《あだ》を討って、江戸っ子の称賛を浴びた。

吉良《きら》にしたら、訳のわからぬことで斬りつけられ、お上の裁きに従っただけなのに、なお討ち入りにあって首級を取られたのである。こんな理不尽な話があるだろうか。しかも江戸っ子からはぼろ糞《くそ》に言われている。

それもこれも、松の廊下の騒動の真実が伝わっていないからなのだが、吉良の実子である上杉にしたら、たとえ生き残りの軽輩者であっても、仇を討ちたいのだろう。

「だが、ほかの赤穂浪士が守るだろう」

と、虎之助は言った。

「そうしたいでしょうが、それをやればほかにもいる赤穂浪士も明らかになっちまう」

「そりゃそうだ」

赤穂浪士が四十七人だけではなかったとは、多くの江戸っ子も薄々気がついていることなのだ。

「寺坂さんもそうはさせたくない。といって、一人で上杉藩と戦うのは容易ではない。ここは、丑蔵親分を頼ろうという気持ちで来たようです」

「なるほど」

おじいがそんなに頼りにされていたのかと思うと、それは嬉しい。

「江戸に来てから、亡くなったことを、人づてに聞いたそうです。それで、あっしのところに見えました」

「おっかあには相談しなかったのか?」

「やはり女ってことで言いにくかったんじゃないでしょうか。姐《ねえ》さんとは面識もなかったですし、あっしの家は知ってましたのでね」

「そういうことか」

「あっしはできるだけ助けたいと思います」

「いや、それは丑蔵一家としてやらなくちゃならねえ」

と、虎之助は言った。

ただ、ふくろう三八は知らないが、虎之助は大っぴらに赤穂浪士側に立つことはできない。なにせ、久留米藩主となるのに、将軍・綱吉《つなよし》と柳沢吉保《やなぎさわよしやす》の力を利用しているのだ。

元赤穂浪士という存在は、やくざとして陰にひそんでいる分には、いろいろ脅しに使えるが、いざ大名になって表に出て来てしまうと、逆に厄介の元になるのである。

「だが、上杉の連中は、寺坂の顔を知らねえだろう」

「寺坂さんが言うには、泉岳寺《せんがくじ》に参拝したあと、跡をつけられたそうです。そのときはうまく撒《ま》いたらしいのですが」

「知られてるってことか」

「ええ。どうやら旧赤穂藩士で、討ち入り側につかなかった者を何人か雇ったらしいんです」

「ははあ。そいつらを泉岳寺あたりに伏せさせてるってわけか」

虎之助はすぐにぴんと来た。

「そうなんです。門前のどこかに潜ませて、参拝に来る者を見張らせ、跡をつけたりしてるんでしょうね。寺坂さんだけでなく、隠れ赤穂浪士を見つけようという目的もあるでしょうし」

「なるほどな」

「江戸にいる者はそこらを警戒し、泉岳寺には近づいていないのでしょうが、寺坂さんは以来、江戸を離れていましたのでね」

「まず、その泉岳寺を見張っているやつらを始末しておかないと、この先もややこしいな」

「この先ですか……」

三八は、討ち入りの一件を脅しのネタで使っていこうという虎之助の思惑は知らない。

「寺坂はいま、どこに？」

と、虎之助は訊いた。

「人けの多い宿に入ってもらってます」

「それはよくやった」

「寺坂さんは腕も立ちます」

「だろうな」

もともと腕に自信がなかったら、討ち入りには加わらないし、機会を待つあいだ、ずいぶん剣の稽古も積んだはずである。

「上杉も相応の刺客を向けて来るでしょうね」

「寺坂一人じゃ無理だな」

その刺客たちと、旧赤穂藩の裏切り者たち。

何人ぶった斬ることになるか。

虎之助もひさびさに刀を振り回すことになるかもしれない。

三

誰かに上杉家のことをいろいろ訊いておきたいが、おおっぴらに訊《たず》ねるのはあとあと問題が残る。

ここは町方同心の境勇右衛門《さかいゆうえもん》に訊くことにした。町方同心は町人が相手だが、大名家では町人とのあいだで起きたもめごとを解決するため、町方同心と裏で懇意にしていたりするのだ。当然、いろんな話が耳に入ってくる。

今日は五がつく日だから、境は非番のはずである。休みのときは意外に家でごろごろしていたりする。

うなぎのかば焼きを折詰に入れてもらって手みやげにすると、八丁堀《はっちょうぼり》の役宅を訪ねた。

「ごめんくださいよ」

「あら、虎之助さん」

境の女房のおつたも、亭主にならって虎之助をそう呼ぶ。

このおつたは、昔は手癖の悪い不良娘だった。何度かとっ捕まえ、境いわく「獄門になる前に嫁にしてやった」のだそうだ。

町方の与力や同心たちは、たいがい八丁堀の中で、嫁をもらったり、養子にやったりをしているが、たまに花柳界の女だの身投げをしくじった娘だのを嫁にする者がいる。境もそっちの口だった。

おつたは、もともと裏長屋のろくでなしばかり住んでいるようなところで育ったから、行儀作法などはまるでなっていない。だが、境のことは自分を助けてくれた人だと思っているらしく、なかなかいい嫁である。

「いるかい、旦那は？」

「はい。縁側で昼寝してます。どうぞ」

「いいよ、裏に回るから」

手みやげをおつたに渡し、虎之助は裏庭に回った。

「おう、虎之助さん」

「じつは、米沢の上杉と喧嘩《けんか》になるかもしれねえ」

「上杉と？　名門だ」

「そうなのか？」

「上杉謙信《けんしん》のところだぞ」

「上杉謙信？　聞いたことがあるような、ないような」

虎之助は歴史については恐ろしく無知である。関ヶ原の合戦で、家康《いえやす》は平家《へいけ》を打ち破って天下を取ったのだと、ずっとそう思っていた。

「武田《たけだ》信玄《しんげん》と川中島で戦った相手だよ」

「川中島？　だったら相手は宮本《みやもと》武蔵《むさし》だろう？」

「虎之助さん。それは巌流島」

「ちっ。似たような島で戦いやがって」

虎之助は顔をしかめた。

だが、虎之助は知識が少ないから、いざというとき血の巡りがよく、頭の回転が速いのである。

「それで、なにがあったんだい？」

と、境は煙管《キセル》の煙草《たばこ》に火を点けて訊いた。

「赤穂浪士に生き残りがいるのは知ってるよな？」

「もちろんだ。寺坂吉右衛門だろ」

「江戸に入って来た」

「ははあ。わかった。それで上杉か」

境は町方同心にしておくには勿体ないくらい勘がいい。

「上杉は寺坂を殺すつもりだ」

「だろうな。上杉はいまじゃ町人たちからも腰抜け扱いだもの」

「だが、おれにとっては、寺坂は大事なタマだ。殺させるわけにはいかねえ」

「そりゃそうだろう」

「上杉の親分は……」

と、虎之助が言うと、

「親分ときたかい」

境は笑った。

「藩主のほうは直接おれが脅すにせよ、背後を知っておきてえ」

「わかったよ。米沢藩てえのは、先代が藩主になるときごたごたして、末期《まつご》養子を認めてもらい、どうにか改易は免れたらしい。このとき、養子になったのが、吉良の息子だよ。だが、三十万石あったのをほぼ半分に減らされたんだ」

「そうなのか」

「しかも、あの討ち入り以来、肩身の狭いことと言ったら。結局、討ち入りがあった二年後に、藩主・綱憲《つなのり》は疲れ果てて隠居しちまった」

「情けねえ野郎だ。おれならなんのかんのとごねて、倍の六十万石にはしてもらうぜ」

虎之助は息巻いた。

「名門もだらだらと石高を下げ、いまじゃ米沢に十五万石あるだけさ。上杉謙信のころは二、三百万石ほどはあったんだろうがな。名門だなどと言いながら、喧嘩もちゃんとできねえから、ああいうざまになるんだろうな」

「当代は若いんだろう?」

「まだ二十歳《はたち》ちょっとじゃねえかな」

ふつうなら悪い盛りだろう。

「真面目《まじめ》なのか」

「顔を見る限り、そんなことはないだろうな」

「だが、眼鏡《めがね》なんかかけてても、あんたみたいに悪いのもいるしな」

「虎之助さんに言われるほど、おいらは悪くはねえって」

「あ、うなぎ、手みやげに持って来たよ」

「どういう話の流れだい?」

「悪いやつほど、うなぎが好きだから」

「なんのこっちゃ」

「上杉のガキが遊ぶなら、吉原《よしわら》か?」

と、虎之助は話をもどした。

「いや、吉原に上杉が出入りしてる話は聞かねえな」

「じゃあ、てめえの藩の娘をかっさらっちゃあ手ぇつけてる口か。もてねえ野郎が藩主になんかなった日にはそうだろうな」

「虎之助さんみてえにもてる男は、女のほうからなびくってか」

「それがそうでもなくってさ」

虎之助は情けなさそうに頭を掻《か》いた。

梅香《うめか》のことを思い出したのである。

四

そのころ——。

久留米藩邸の前には、野依新左衛門や若山信右衛門、竹田金吾ら、十一人の藩士が並ばされていた。

それぞれ、有馬家の家紋や〈火の用心〉の文字が入った提灯《ちょうちん》、拍子木、水の入った桶《おけ》などを持っている。

「これで、三田から始まり、三田台町から魚籃坂《ぎょらんざか》を下りて麻布《あざぶ》の永松町《ながまっちょう》、新堀川《にいほりがわ》沿いにさかのぼって四之橋《しのはし》を渡り、御薬園坂《おやくえんざか》を上って仙台公の屋敷裏から一本松坂《いっぽんまつざか》を下り、一之橋《いちのはし》を渡って、ここまで帰って来るように」

と、用人の田村が道のりの説明をした。

「けっこうあるぞ」

「一里半（およそ六キロメートル）くらいか」

「なんでわしらが麻布くんだりの火の用心までしなければならぬのだ」

などと小声で囁《ささや》き合う者もいる。

「それと、殿からだが、もしも町人などから差し入れがあったりしたら、遠慮なくもらうようにとのことだ」

と、田村は言った。

「えっ、もらうのですか」

「ちゃんと礼を言ってな」

「…………」

皆、町人のほどこしなど受けたくないという顔である。

「食いものや酒はもちろんだが、銭の場合も受け取るようにとのことじゃ」

「ぜ、銭を……」

これには一同、唖然《あぜん》とした。

誰も口に出しては言えないが、

「それではまるで、こつじきではありませんか」

との思いだろう。

だが、田村はそうした反応を見越したように、

「もらった銭は、当藩の莫大《ばくだい》な借金の返済に充てるので、もどったらちゃんと差し出すようにな」

「…………」

「では、しっかりやって来てくれ」

と、田村は十一人を送り出した。

にわか火の用心の部隊がぞろぞろと歩き出した。

「火の用心」

「さっしゃりやしょう！」

しばらくすると、

「なんで、この面子《メンツ》なのだ？」

と、誰かが言った。

「わしも変だと思ったが、田村さまの前では言いにくかった」

「まさか、ばれてるのか？」

「そうとしか考えられまい。十一人全員が揃《そろ》っているのだから。たまたま選んだ十一人が国許派全員だったなんて偶然が、あるわけがない」

この言葉に、野依は内心ひやひやものである。

「ばれてるなら、殺されたっておかしくないぞ」

と、言ったのは若山である。

「まったくだ」

「どっかで待ち構えているんじゃないですか？」

竹田金吾が震える声で言った。

「そうだ」

「そうに決まっている」

「どこかで闇討ちに合い、表向きは辻斬《つじぎ》りにやられたってことにするんだ」

「糞ぉ」

皆、慌てて刀の鯉口《こいぐち》を切って、いつでも抜けるようにした。

「無駄だよ、そんなことしても」

と、若山は言った。

「なぜだ？」

「わしらは、こんなに煌々《こうこう》と提灯つけて歩いてるんだ。どっかで待ち構えていて、矢を射かけてくる。暗闇からいっせいに矢が飛んで来るんだ」

「まさに、当ててくれと言わんばかりだ」

「うわぁあ、最初の攻撃で、わしらはまず、一人につき三本は矢が刺さっている」

「矢の用心」

「刺さりましょう！」

「馬鹿、ふざけてる場合か」

こうした話を聞きながら、野依新左衛門は思っていた。

――闇討ちなんかしなくても、すでに江戸の国許派は完全に壊滅だ。もしかしたら、六代目はたいした傑物かもしれない……。

五

数日後――。

虎之助と町太は、ふんどしに半纏《はんてん》を着て、駕籠《かご》を担いでいた。

先棒が虎之助、後棒は町太が担いでいる。

泉岳寺門前あたりにいる元赤穂藩士の裏切り者を見つけ出さないといけない。その顔は寺坂吉右衛門に見つけてもらうしかないのだ。

といって、寺坂が捜しているのが見つかれば、向こうも顔を隠してしまう。こっちもそっと捜さないといけない。

そんなわけで寺坂を駕籠に乗せて泉岳寺の門前に行き、駕籠の中から周囲を見てもらうことにしたのである。

「虎之助さん。駕籠担げましたっけ?」

ふくろう三八が訊いた。

「当たり前だ。駕籠も担げなくて、偉そうに駕籠に乗ってられるか」

「はあ」

どういう理屈なのか、三八にはさっぱりわからないらしい。

だが、二人で担いでみたが、虎之助と三八では、背丈が違いすぎる。

そこで、後棒を町太と代わり、三八は鈴を鳴らして走る先駆けをつとめることになった。

金杉橋《かなすぎばし》近くの宿で寺坂吉右衛門を乗せ、

「行くぜ、町太」

「へい」

と、駆け出した。

駕籠は先棒と後棒の呼吸が合わないと、うまく走れない。

虎之助と町太はぴったり合った。

「邪魔だ、邪魔だ。どけ、どけ」

三八が前を走る。これもさすがに昔取った杵柄《きねづか》である。その迫力に、往来の人たちがいっせいに左右に寄る。

むちゃくちゃ速い。境内《けいだい》通りと呼ばれる泉岳寺前の坂を一気に駆け上がり、

「どけ、どけ」

叫びながら、通りを左に曲がった。駕籠の中で、

「うわっ、こ、これはいかん」

などというのが聞こえた。

門前に駕籠を止め、

「着きましたぜ」

と、簾《すだれ》を上げる。

「こんな恐ろしい思いをしたのは初めてだ」

中で寺坂吉右衛門が真っ青になっていた。

「じゃあ、簾を下ろすので、その中から裏切り者を見つけてくださいよ」

と、三八が頼んだ。

「わかった」

そのあいだ、虎之助たちは、煙草などを吸い、油を売っているふりをしている。

客が次々に来るが、「もどりを待ってるんだ」と追い払う。

しばらくして――。

「三八さん。わかったよ」

と、中から声がした。

簾をそのままに、

「どこです？」

三八は訊いた。

「左手にそば屋があるだろう？」

「ありますね」

「その二階だ。こっちを見張っている男二人がいる。二人とも間違いなく江戸藩邸にいた元の赤穂藩士だ」

虎之助もそっちをさりげなく見た。

二人とも、月代《さかやき》を剃《そ》り上げたばかりらしく、ぴかぴかに光っている。着物の襟もぱんぱんに糊《のり》が効いたものをきちんと合わせている。いかにもお洒落《しゃれ》な田舎者《いなかもの》というったふぜいである。

「わかりました。じゃあ、寺坂さんはここから宿まで歩いてもどっていってください。あいつらに跡をつけさせますから、いったんあいつらの前に姿を見せてもらってけっこうです。まずはあの二人をとっちめますので」

虎之助がそう言った。

「わかった」

寺坂は駕籠を出て、門の真ん前に立ち、周囲をぐるりと見てから歩き出した。すぐにそば屋から見張りの二人が飛び出して来た。今度こそ、寺坂の居場所を突き止めようとするだろう。

「虎之助さん、どうします？」

町太が訊いた。

「一人ずつ、三八のところに連れ込もうぜ。三八の家が近づいたら、おれが動けなくするから、駕籠にぶち込んで、拉致《らち》してくれ」

「わかりました」

虎之助の手にかかったら、他愛ないものである。

すっと近づき、

「旦那、いい娘がいますぜ」

「馬鹿な。それどころではないわ」

と言ったところに、わき腹へこぶしを叩き込む。

「ううっ」

と、息が詰まって動けなくなったところを、寄せた駕籠にぶち込み、もう一度、首筋に手刀を入れれば、もはやぐったりとなって駕籠の客。

四半刻（およそ三十分）ほど後には、二人はふくろう三八の家で後ろ手に縛られ、音が洩《も》れない奥の土蔵に押し込められていた。

六

「おい、元赤穂藩士」

虎之助は、二人の顔を交互に見ながら言った。

「…………」

二人は、なんだ、このやくざは？　という顔で、虎之助を見返している。

「たいした世渡りだよな。おめえら、ほかにも大石内蔵助《おおいしくらのすけ》と志をともにした者がいるってことを知っていて、自分たちを上杉家に売り込んだそうじゃねえか。赤穂浪士の動向にはまだ目が離せませんよと」

「それを下衆《げす》のかんぐりというのだ」

年嵩《としかさ》のほうが言った。

「おう、おれが知らねえとでも思ってんのか？　おれの話はぜんぶ、上杉の中間《ちゅうげん》仲間から入ってきてるんだぜ」

これは虎之助のはったりである。

だが、中間から話が洩れるというのはあり得ることで、それは誰にも否定し切れないのである。

「それは、違う。わしらは上杉のほうから懇願されたのだ。浪人するには惜しい者たちがいると、人を介して聞いたらしい」

「ほう」

まあ、上杉も最初はそれくらいの世辞は言ったかもしれない。

「だが結局、おめえらは米沢藩士の下っ端として雇われ、泉岳寺の門前で毎日、昔の仲間を見張ってるんだ。立派な話だよなあ。武士の鑑《かがみ》だよなあ」

目いっぱい厭味《いやみ》たらしく言った。

「おめえら、浅野《あさの》内匠頭《たくみのかみ》がなんで吉良に斬りつけたのか、そのわけを知ってるのかい？」

「わけ？　耐えられないほどの侮辱を受けたせいではないか」

若いほうが答えた。

「どんな侮辱だ？」

「それは、殿しか知らないことだったのだ」

やはり、知らないのである。

「上杉には聞いてないのか？」

「上杉に？」

「ああ。上杉は知ってるんだろ、吉良が斬りつけられたわけを？」

虎之助がそう訊ねると、二人は顔を見合わせ、首を横に振った。

「なんだよ？」

「上杉もなにも知らぬ。むしろ、わしらに訊いたほどだ。浅野はなぜ、上野介《こうずけのすけ》さまに斬りかかったのだと」

年嵩のほうが言った。

「ほう」

上杉も知らないのだ。

「それで、おめえらは寺坂を見つけ、始末しようとしてるよな」

「………」

二人は互いにそっぽを向いている。

さすがに浅野内匠頭の仇を討った男を殺す手助けをするというのは、後ろめたかったりもするのだろう。だが、明らかにその手伝いをしているのだ。

「いまさら上杉が寺坂を亡き者にしたって、江戸中の笑い者になるだけだろうが」

「だが、このままではずっと侮辱を受けつづける」

年嵩のほうが言った。

「だよな」

江戸っ子はしつこいのだ。

上杉は憎まれ役となったら、もうそれで決まりなのである。

虎之助から見れば、江戸っ子もまた、くだらない。

あの、赤穂浪士の討ち入りはなんだったのか。そこに大きな謎《なぞ》があるのに、もはやそれはどうでもいいのだ。

そんなことよりは、赤穂浪士の苦労話で泣くほうが気分がいいのだろう。

「くだらねえよな」

と、虎之助は思わず言った。

「なにが？」

と、若いほうがムッとしたように訊いた。

「寺坂殺して上杉はますます嫌われ者になるんだろうが」

「そこは上杉も考えているのだ」

「へえ。なにを考えたんだ？」

虎之助は面白そうに言った。

「おぬし、言うのか？」

と、年嵩のほうが睨《にら》んだ。

「もう、わしらはお終《しま》いだ」

若いほうが、悲しげに目を伏せて答えた。眉《まゆ》が下がり気味で、それがまた男を情けなさそうに見せている。

「そう悲観しなくてもいいぜ。おめえらが知ってることを話してくれたら、別に命まで取ろうって気はねえ。上杉のところにもどるのは無理だろうが、それはもともと無理な話だったんだ。まあ、上方あたりに逃げて、もう一度、やり直したほうがいいんじゃねえのかい？」

虎之助は親身な口調で言った。

じっさい、こいつらの命など取ってもしょうがないのだ。

二人はしばらく見つめ合っていたが、

「上杉では、女子どもを利用しようとしているのだ」

と、若いほうが言った。

「女子ども？」

「寺坂を見つけたら、刺客を差し向けるが、とどめを討ち、正式に書類を出すことになっているのは、あの晩、吉良家で討たれた小林平八郎《こばやしへいはちろう》という上杉家からの付き人の妻と娘なのだ」

「へえ」

これには虎之助もぽんと手を打った。

なるほど、どこにも悪知恵が働くやつはいるものである。

上杉家は、父の吉良家のため、家老として小林平八郎を派遣していた。小林は腕も立ち、その晩も押し寄せる赤穂浪士たちに槍《やり》をもって奮戦した。

その戦いぶりは、吉良側の数少ない美談として、江戸っ子にも知れ渡っている。

この小林平八郎の妻と娘を引っ張り出して、江戸っ子の同情と称賛を得ようというのである。

「妻は幾つだ？」

「三十くらいと聞いている」

「美人かい？」

「そうらしい」

「娘は？」

「たしか八つと」

「おい、上杉もやるなあ」

と、虎之助は笑った。

これはうまくいけば、上杉側の大逆転もあり得る。悪役がいっきに悲劇の主役となって、江戸っ子の共感を集めるかもしれないのだ。

じっさい、見ようによっては、理不尽に討たれたのは、むしろ吉良側ではないか。松の廊下では訳もわからずいきなり斬りつけられ、隠居、逼塞《ひっそく》を余儀なくされたうえに、四十七士に襲撃され、老いぼれた隠居はよってたかって槍で突かれ、刀で斬られたりしたあげく、首まで取られてしまったのである。

お裁きが気に入らなかったら、赤穂浪士は城に討ち入ればよかったのだ。

それを、弱い吉良のほうに恨みつらみをぶつけただけではないか。

憎《に》っくき赤穂浪士。

そこで仇を討つのは、むくつけき男どもではない。美人の未亡人と、いたいけな八つの少女なのである。

「おれなら、師走《しわす》の十四日あたりにやらせるよな。赤穂浪士が吉良邸に討ち入った日だ。いや、待てよ。それだと赤穂浪士の二番煎じか。あのときは雪だったから、今度は桜吹雪がいいだろうな。泉岳寺前の桜が満開から散りはじめの時季に決行だ。

それまでに、小林平八郎にとどめを刺したのは、ただ一人の生き残りである寺坂吉右衛門だったという噂《うわさ》を、江戸中にばら撒いておかなきゃならねえぜ」

　虎之助は言いながら興奮してきた。

「場所は泉岳寺前の坂道だよ。お待ちくだされ。浅野内匠頭の墓参りに来た寺坂吉右衛門を待っていたのは、小林の妻と娘。夫の仇、父の仇。何者じゃ？　小林平八郎の妻、これにいるのはその娘。ぺぺん、ぺん、ぺんと、三味線の音色でも入れたいところだぜ」

　虎之助はいい調子で自分の膝を叩いた。

「だが、寺坂は二人を見て、鼻でせせら笑った。薄々上杉の動きを察知していたから、町のやくざを五人ほど、銭で加勢を頼んでいやがった。これが、俠客《きょうかく》とは名ばかり、悪業三昧で知られる鎌倉《かまくら》の万五郎《まんごろう》一家の子分たちだった。やれるものならやってみよ。明日の朝には、ほれ、芝浜《しばはま》の砂の上で、二人並んで波に打たれているぜと、寺坂吉右衛門の憎々しげなこと！」

　虎之助の一人芝居に、元赤穂藩士は呆気《あっけ》に取られている。

「ここで、正義の俠客を出したいよな。いいだろう。おれの出番だ。やいやい、たとえ大勢の江戸っ子たちが赤穂の浪士にたぶらかされても、江戸の俠客は騙《だま》されねえぜ。小林平八郎の妻と娘のまっすぐでけなげな気持ち、助けてやれと背中の水天《すいてん》宮《ぐう》さまがおっしゃるのだ。情け有馬の水天宮。とくと見やがれい！」

虎之助はここでもろ肌を脱ぎ、水天宮の彫物を晒《さら》した。

元赤穂の藩士二人は口をあんぐり。

ふくろう三八と町太は思わず、

「日本一！」

「男の中の男！」

と、声をかけた。

虎之助、ここでにやりと笑って、

「てなわけにはいかねえだろうな。まったく、女子どもを使って、世間の目を欺こうってんだ。やくざもかなわぬ姑息《こそく》な手だぜ」

赤穂の元藩士二人は、このままあの土蔵に拉致しておくことにして、

「虎之助さん。これからどうします？」

と、三八は訊いた。

「あの二人の名前を使って、上杉の刺客を引っ張り出すさ」

「刺客は、小林平八郎の妻子でしょ」

「そっちは看板みてえなもんで、ほんとに寺坂を斬る役目の刺客がいるだろう。まず、そいつらを片づけるが、これは背後の元締めを脅さないことには決着もつかねえ」

「元締めというと？」

「米沢藩主・上杉吉憲《よしのり》だよ」

「大名をどうやって脅すんですか？」

いまの虎之助の正体を知らない三八が、呆れたように訊いた。

「なあに、いろいろ伝手《つて》もあるんでな。ま、そこはおれにまかせなよ」

「はい」

「ただ、もうちっと上杉家の内情を探りてえ。おっかあに頼んで、駕籠かきを何人か、上杉屋敷に入れといてもらうさ」

「そりゃあ、いいですね」

駕籠かき同士でつながりがあるので、虎之助にとってここらへんはもはやお手のものとなっている。

七

十日ほどして――。

虎之助は、上杉の刺客たちを誘い出した。

捕らえた元赤穂藩士の名を使い、上杉の屋敷に文を届けさせたのである。

「寺坂をおびき寄せる。今宵《こよい》四つ（午後十時ごろ）、芝浜に待機してくれ。舟で寺坂を連れて行く」

という内容だった。

上杉方は、まんまとこの誘いに乗った。

暮れ六つごろ（午後六時ごろ）から、芝浜界隈《かいわい》に米沢藩士らしい武士がうろうろし始めた。その数、およそ七、八人。

さらに五つくらい（午後八時ごろ）になると、武士に連れられた女と子どもがやって来て、とりあえずそば屋で腹ごしらえをするつもりらしい。

二人が本当に小林平八郎の妻と娘かどうかはわからない。だが、おそらくそこらは本物を引っ張り出しているだろう。

そして、四つの鐘が聞こえてきたころ――。

沖のほうからゆっくりと小舟がやって来た。

舟を漕いでいるのは武士らしい。ゆっくり、周囲を見回すようにしながら近づいて来る。ほかに乗っている者はいない。

浜では、女と小さな娘が鉢巻をし、懐剣を持って立っている。娘はいかにも愛らしく、妻女も夜目にもわかる色の白さで、

「もう少し波打ち際に」

と言いたいくらい、さまになっている。

その妻と娘の背後に五人ほどの武士が、頭を低くして潜んでいる。

二人の女たちを挟むように、たすき掛けですでに抜刀した武士が二人、立っている。そして、小舟が岸から十間（およそ十八メートル）ほどのところまで来ると、

「寺坂吉右衛門か？」

と、一人が声をかけた。

「いかにも」

寺坂はそう言って、櫓《ろ》から手を離し、刀を抜いて、

「来るがいい。間抜けな米沢の田舎者が」

そう言ったのは、じつは寺坂ではなく、虎之助ではないか。

「黙れ。小林平八郎の仇、討たしてもらうぞ」

武士二人はじゃぶじゃぶと波を分けて進んだ。海は真っ暗である。

膝頭が隠れるあたりまで来ただろうか。小舟はもう目の前である。

ふいに片方が、

「あっ」

と、叫んで、膝から崩れ落ちるようにした。

「どうした？」

「わからぬ。海の中に誰かいるぞ。いま、膝の裏を斬られた」

「なんだと」

そのやりとりを聞いて、舟の上の虎之助が笑った。

「ほら、なにしてやがる。早くかかって来いよ」

「おのれ」

もう一人が突進しようとして、

「うわっ」

またも体勢を崩した。

「どうした？　ここらの海には鮫《さめ》がいるから気をつけたほうがいいぜ」

虎之助が言った。

そのときである。波間からいきなり男が飛び出してきた。

「へっへっへ」

ふくろう三八だった。こんな暗い夜の海でも、三八はよく見えている。それで波間に隠れながら、そっと近づいて足の後ろをえぐったのだった。

「誰だ、きさまら？」

「赤穂浪士の幽霊だよ」

虎之助がそう言って大きく跳び、ゆらめいている男の脳天に、剣を叩きつけた。

同時にふくろう三八は、もうひとりのわき腹を深く切り裂いた。

「なんだ、どうしたんだ?」

異変に気づいた米沢藩士らが、波打ち際まで駆け寄ると、藩士二人の遺体は見つかったが、二つの影を乗せた小舟は沖のほうへと遠ざかって行くところだった。

八

次の登城のとき——。

虎之助は、米沢藩五代目藩主の上杉吉憲を待ち伏せた。

場所は、本丸の大広間から白書院に向かう途中の廊下——松の廊下。ここから、あの赤穂浪士の討ち入りが始まったのである。

上杉吉憲は、白書院のほうから長い袴《はかま》を両手で持ち、ひきずるように歩いて来た。

中肉中背。顔はどこか土臭い素朴な感じだが、目元あたりに生意気そうな色がある。

庭を眺めるふりをしていた虎之助は、すっと上杉吉憲の前に立ち、

「これは、米沢公ではございませんか」

と、声をかけた。

「え？」

上杉吉憲は怪訝《けげん》そうに虎之助を見て、家紋に目をやった。

相手が誰か、見極めようとしたのだ。

虎之助もその視線を追うようにして、自分の袴に入れた紋を見た。

有馬巴《どもえ》と呼ばれる、単純でわかりやすい紋である。

「たしか……」

思い出そうとするが、なかなか出て来ないらしい。

じっさい、上杉家と有馬家など、なんの縁もない。

「久留米藩主・有馬則維にございます。よろしくお見知りおきを」

「あ、これは失礼いたしました。こちらこそ、よろしくお願いいたします」

「ところで、上杉さんよ」

と、虎之助の口調がいきなり馴《な》れ馴《な》れしくなった。

同時に上杉吉憲の腰のあたりに手を回し、ぐいっと身体《からだ》を引き寄せた。

「え？」

「いろいろ聞いてるぜ」

「な、なにを?」

「なにをじゃねえだろうが。赤穂浪士の生き残り、寺坂吉右衛門のことだよ」

「なぜ、有馬さまが?」

「おれんとこは、赤穂の浅野とは親しかったんだ。お互い江戸の火消しのことで尽力していた仲だったんでな」

「そうだったので……」

「寺坂を殺そうとしてるんだってな」

「………」

上杉吉憲の顔に、もう血の気はない。

「しかも、女子どもを使って、江戸っ子の喝采を浴びようって魂胆だ」

「なぜ、それを?」

虎之助は上杉吉憲の問いには答えず、

「女子どもを利用するなど、男のやることか」

「そ、それは」

「家来が考えたってか。おめえが考えたんだろうが。おめえは、てめえの藩のおなごを手籠めにするだけじゃ飽き足らず、江戸の町娘にまで手ぇ出してるそうじゃねえか」

　これは駕籠かきで入った丑蔵一家の若い衆が摑《つか》んできた話である。

　それも、まだ十四くらいの小娘たちを、友だちもいっしょだと安心させたうえで、屋敷に引っ張り込んだりしたらしい。

「手ぇ出してるだなんて」

「とぼけんじゃねえよ」

　虎之助はすばやく足をかけて、どんと突いた。

　上杉吉憲は仰向《あおむ》けに転び、庭に落ちそうになった。

　だが、そこは元気な若者だけに、すぐに起き直り、

「なにをする」

　ようやく若者らしい怒りの表情が湧いた。

「おう、悪かったな。なんなら、おれに斬りつけるか？」

「え」

「今度は、上杉が松の廊下で刀抜くか？」

「そ、そんな」

「ほら、抜けよ」

虎之助は、上杉吉憲の腕を取り、無理やり脇差を抜かせようとする。

「な、なにを」

上杉吉憲は必死で脇差の柄を押さえる。殿中で刀を抜けば、即刃傷沙汰《にんじょうざた》とされてしまうのだ。

「おれは吉良の爺《じじ》いと違って、むざむざやられねえぜ。もぎ取って、半殺しにしてやる。どうだ、上杉」

「滅相もない」

身体をくっつけ合うようにしていると、ほかの大名などが通り過ぎたりする。

すると、虎之助はすばやく笑みを浮かべる。

その表情の激変ぶりときたら、〈芸〉と呼んでもよさそうである。

柳沢吉保が通りかかった。

「お、有馬。なにをしておる?」

「いやいや、上杉さまと吉原にでも行きましょうと」

笑いながら言った。

「若い者に悪い遊びを教えるでないぞ」

「柳沢さま、吉原は勉強みたいなものですから」

「あっはっは。上杉が怖がっているではないか」

「上杉さまは初めてだそうですからね」

「そうだ、有馬、帰りに暇があったら屋敷に顔を出せ」

柳沢は軽い調子で言った。まるで古くからの友人のようである。

「わかりました。うかがいます」

虎之助は調子のいい返事をした。

まさに、老中筆頭と有馬則維は、なあなあの仲だと見せつけたようなものである。

「おい、おめえんとこの刺客を殺したのは、このおれだ」

「え」

「返り討ちにあったと噂を立てられたくなかったら、寺坂を討つのは諦めるこった」

「わかりました」

「今後、寺坂になんかあったら、次は有馬が上杉の屋敷に討ち入るからな」

「………」

そんなことになったら前代未聞、もちろん上杉家は滅亡である。

しかも、この虎之助はいかにもやりそうなのだ。

「おい、上杉、おれを大名だなんて思うなよ」

「え？」

「おれは、大名の皮かぶったやくざなんだ」

そう言って、虎之助はようやく上杉吉憲から手を離した。

足元に黄色い水たまりが広がっていくのが見えた。

九

寺坂が泊まっている三八の家に、虎之助が改めて挨拶にやって来た。

「まあまあ、飲んでくだせえ」

虎之助は、寺坂に銚子《ちょうし》を差し出した。

あくまでもやくざとして接している。

「虎之助さんのことは、よく丑蔵さんが自慢してたよ」

と、寺坂はぐいと一杯飲み干してから言った。

「自慢はないでしょう」

「いや、もしこの討ち入りに虎之助を入れたら、百人力なんだと」

「あっはっは。そりゃ、自慢にならねえでしょう」

虎之助は笑って、

「上杉の件は片づけましたのでご安心を」

と、真面目な顔で言った。

「いったい、どうやって？」

と寺坂が訊くので、最後は浅野内匠頭と親しかった有馬則維が力を貸してくれたと説明した。

有馬の名でも出さないと、まさか町のやくざが上杉家を封じ込められるなどとは、誰も信じない。

「それより、寺坂さんには訊きたいことがありましてね」

「なにかな？」

「あの夜、動いたのはおよそ半分で、ぜんぶで百人いたらしいですね」

「やはり知っていたんだな」

「巷《ちまた》ではけっこう噂かれていますぜ」

「それは間違いない」

「寺坂さんが途中いなくなったのも、そっちに報《しら》せるためだったとか」

「いかにも」

「二番隊はなにをするつもりだったので？」

「一番隊が吉良を討つのに失敗したときは、二番隊が上杉家に逃げ込むであろう吉良を攻撃することになっていた」

「米沢の手前で待ち伏せするはずだったんでしょう？」

「それは江戸でしくじったときにな。まずは、つづけて二番隊が動く手筈だった」

「では、桜田の上屋敷に？」

「いや、おそらく麻布の中屋敷に逃げ込むだろうと踏んでいたので」

「麻布に？」

「そうだ。あのあたりに伏せていた」

「なるほど」

と、虎之助はうなずいた。じつは、あの晩、丑蔵は浜松町《はままつちょう》の家で待機していたと聞いていたのである。子分たちには、「もしかしたら出入りがあるかもしれない」と伝え、臨戦態勢にあったらしい。あの家なら、麻布に逃げ込もうとする吉良一団を、どこからでも迎え撃つ態勢をつくることができるはずだった。

「丑蔵おじいは、残り五十三人の一人に入っていたのですか？」

「入っていたが、丑蔵さんはいざいくさになれば、子分を百人動かすと言っていた。だから、大石さまにとっても、いちばん頼りになったはずだ」

「寺坂さんは、回向院《えこういん》焼き打ちのことは？」

「そういう話も出ていたみたいだった。だが、それは丑蔵さんが猛反対し、大石さまも諦めざるを得なかったようだ」

「なるほど」

「丑蔵さんは、火消しが江戸を焼いちゃお終いだと。ほんとにあの人は、俠客そのものだった」

そう言って、寺坂はまぶたを押さえた。

「ところで、寺坂さんは浅野さまがなぜ吉良上野介に斬りつけたのか、その理由はご存じないのですか？」

「ああ、その件についてはわしも知らないのだ。ただ、そこにはなにか途轍《とてつ》もない秘密があるのではと、堀部《ほりべ》さまたちはよくおっしゃっていた」

堀部とは、堀部安兵衛《やすべえ》のことだろう。

「なるほど。じつは、有馬さまもそれを知りたがっていましてね。どうやればそこを探ることができるのでしょう？」

「そのことは、むしろ上野介が知っているのではないかと言われていたのだ」

「吉良が？」

「そう。それで、上野介はその理由をもしかしたら日記のようなものに遺しているのではないかと、討ち入りの晩には上野介の書斎もずいぶん捜したのだ」

「だが、見つからなかった」

「ああ。もしかしたら、あのとき、誰かがそれを持ち出して逃げたのではないかという話まであった」

「誰か？」

「幕府の密偵が」

と、寺坂は言った。

それはつまり、赤穂浪士の動きを幕府はずっと監視していたということではないか。吉良への襲撃は防ぐことができたのに、わざと阻止しなかったのである。

そういえば、もともと吉良の屋敷は城内の呉服橋御門のわきにあったのである。とても討ち入りなどできる場所ではない。

それが、松の廊下の事件のあと、本所などという大川《おおかわ》の向こうに移転を命じられたということは、まるで赤穂浪士に吉良を討てと言っているようなものではないか。

「へえ」

面白くなってきた。こう来なければならない。

松の廊下の謎を握れば、綱吉の急所を摑むことになるのではないか。

——二十一万石を、五十万石に増やすこともできるかもしれない。

虎之助は思わずにんまりしていた。

# 第二話「犬の首を斬っただと」

一

虎之助が用人の田村宋右衛門の部屋をのぞくと、算盤《そろばん》片手に藩費の勘定をしているところらしい。

「なんだよ、また、しぶい顔をしてるな」

田村の前にどかりと座った。

このあいだは、紀伊国屋から三万両を借りたし、そのうち全額、紀伊国屋に借金を押しつけたら、あいつの悪事を公にして潰《つぶ》してやるつもりである。

田村には心配するなと言ってあるのに、それでもこうして帳簿なんか見ているのだから、心配するのが好きなのかもしれない。

「あ、いや、殿にはご心配をおかけしています」

「おれは心配なんかしてねえよ。どうにも首が回らなくなったら、藩主辞めるだけだから」

軽い調子で言った。

嘘《うそ》ではない。借金取りにがたがた言われるくらいなら、ただのやくざにもどる。ただ、大名を辞める前に、なにかどーんとでかいことをやってから辞めたいものである。

「辞めるなんて、そんなあ」

田村が泣きそうな顔になった。

こんな藩主でもいたほうがいいのだろうか。つくづく律義な男である。

「江戸藩邸にいる者には、厳しく倹約を言っているのですが」

「倹約ねえ」

虎之助は、そんなことはしたことがない。けちけちする暇があったら、儲《もう》け口を探しに行く。

「殿には倹約なんてことは申しませんよ」

「別に言われても気にしねえし。それより、稼ぐに追いつく貧乏なしってことわざを知らないのか？」

「稼ぐに追いつく……？」

「貧乏なしだよ。あ、知らねえんだ」

虎之助が知っていて、相手が知らないというのはめずらしい。しかも、ことわざである。

「ええ。あまり聞きません」

「そうだよな。武士は稼がねえんだからな」

稼ぎもないのに態度はでかいって、いったいどういうやつらなのだろう。

「むしろ、銭金《ぜにかね》は不浄のものですので」

「不浄かよ。でも、人間てえのは、稼ぐことに頭を使わなかったら、惚《ぼ》けてくるんじゃやねえのか？」

「頭はほかにも使い道はありますが」

田村は胸を張って言った。

そういえば、よく発句をつくるとかで、うんうん唸《うな》ったりしている。

「そりゃあるだろうが、稼ぐときほど必死にはならねえだろう」

「そうかもしれませんが」

田村は困っている。

なにせ、武士は稼いだりしないものだと思い込んでしまっているのだ。

そのうち、こいつらには一度、お祭りのときにでも、ところてんかなんか売らせるしかないだろう。

「それにしても暑いな」

虎之助は庭を見ながら話題を変えた。

広い庭には蟬《せみ》しぐれが降りつづけている。

浜松町の丑蔵一家なら、子分に水を撒かせたりするが、ここだと水を撒くだけで一日がかり。しかも、撒いたそばから乾いていくだろう。

「まだまだ暑い日はつづきそうです。殿、下屋敷に行かれてはどうですか？」

「ああ、下屋敷か」

白金《しろかね》の中屋敷や、高輪《たかなわ》の下屋敷もいちおう案内はされたのだが、サッと見て回っただけでまったく覚えていない。

だいたいが、大名なんてのは、無駄な屋敷を持ち過ぎだろう。上屋敷と、高輪の下屋敷は使い出があるにしても、白金の中屋敷などは無駄以外のなにものでもない。あそこは七千六百坪ほどあるらしいから、ぜんぶ長屋をつくって町人に貸せばいいのだ。それだけで、かなりの店賃《たなちん》が入り、借金の返済にも役立つだろう。

ほかにも、虎之助は行ったことはないが、目黒の行人坂の前に六千坪ほどの抱え屋敷もあるという。そこなどは、紅葉の名所で有名な明王院の真ん前で、敷地の中を目黒川が流れているらしい。

そういうところは、高級料亭でもおっ建てて、物見遊山の客相手に商売をすればいいのだ。それで国許派のやつらはすべてそっちに入れ、毎日、へとへとになるまでこき使ってやる。客が少ないようだったら、国許ででかいつらをしているのを呼び寄せ、無理やりそこに泊まらせて、高い宿台を取ってやる。藩主にさからうくせに、給米はきちんともらうなどとは、やくざの子分だったらあり得ない話なのだ。

いろいろ落ち着いたら、そういうこともしてみるつもりである。

「涼しいのか？」

と、虎之助は訊いた。

「下屋敷は海を見下ろす高台ですから」

「だが、退屈だろうよ」

「それはそうかもしれませんが」

「田村は退屈でも涼しいところのほうがいいのか?」

「それはこうも暑いと、そんなふうにも思ってしまいます」

「だったら、早いとこ、高台の墓にでも入ったほうがいいんじゃねえのか。ひんやりして涼しいぞ」

「いやいや、それはまだ」

「おれは暑くてもわさわさしているほうがいいんだ。ちっと、里帰りして来るわ」

と、虎之助は立ち上がった。

二

「殿、町太もお連れして」

と、田村は言った。

止めても無駄なことは、田村もわかってきたのだ。せめて護衛に喧嘩の強い火消しの頭を伴ってくれというのである。

「ああ、わかったよ」

白い単《ひとえ》の着物に編み笠《がさ》をかぶり、二刀を差して出る。

これでやくざには見えない。

町太は中間の恰好《かっこう》で、腰に一本差し、六尺棒も持っている。

ただし、町太の最大の武器は、たもとにいつも三、四個隠し持っているつぶてである。これをいきなり相手の顔面にぶつけるのだが、命中すること百発百中。顔がはじけ飛んだような痛みで、とても喧嘩にならないらしい。

虎之助も無敵だが、町太との喧嘩だけはやりたくない。

浜松町二丁目の丑蔵一家に入ると、皆、だらしない恰好で横になり、井戸で冷やした西瓜《すいか》を齧《かじ》っているところだった。

「あ、虎之助さん」

子分たちが慌てて立ち上がろうとしたのを手で制し、

「暑いよな」

　と、真ん中に座った。

「虎。どうしたい？」

　辰《たつ》が訊いた。

「あそこは暑いと退屈でいけねえ」

　そう言いながら西瓜に手を伸ばした。

　よく冷えていて、しかも甘い。かぶりついて、種をぷっと庭先に飛ばす。庭には水が撒かれていて、頼りないがそれでも風は感じられる。

　やっぱり夏は、こうやって過ごすのが最高である。

　一切れ食べ終えて、

「なんか、面白い話はねえかい？」

　と、虎之助は訊いた。

「面白い話ねえ」

　と、辰は軽く首をひねり、

「そうだ。角の煙草屋のおきんちゃん」

「ああ、おっかあの昔からの友だちだろ」

「高松屋の若旦那とできちまった」

「若旦那？　旦那のほうじゃなくて？」

「若旦那のほう」

「いくつ違うんだよ？」

「おきんちゃんが二十歳上」

「ま、吉原行けば、それくらい上の花魁《おいらん》とできたりするけど、おきんさんて歯がなくなってねえか？」

「上の前歯はそっくりないね」

「そりゃ駄目だろうが」

「でも、いつもこうやって手で隠してるから、気づいてないらしいよ」

と、辰は手で口を隠すところを真似《まね》してみせた。

「そのうち気づくだろうよ」

「おきんちゃんもそれは覚悟してるって。でも、おきんちゃんでも若い男を騙せるんだから、あたしだって」

「おい、勘弁してくれよ」

妙な若造を、「おやじ」などと呼ぶ羽目になったら大変である。

「それと、若狭《わかさ》屋の嫁のおちょん。あんた、知ってるだろ？」

「ああ、知ってるよ。ガキのころ、ときどき遊んだからな。妙に勘のいいやつだったんだ」

おちょんから、「あんたはすごく偉くなる」と言われたことも覚えている。てっきり、やくざの親分になるのかと思っていた。

「へえ、子どものころからそうだったんだ。あの子が若狭屋を追い出されて、占い師になったんだよ」

「へえ、なんでまた？」

「若狭屋は、この一、二年のうちに潰れるとか言い出して、嫁のくせになんてことを言うんだ、出て行けとなったそうだよ」

「ほう」

「それで、おちょんちゃんは、実家にもどって占い師になったのさ」

「なに占いなんだ？」

「尻占いっていうやつみたい」

「尻占い？」

「そう。おちょんちゃんが相手の口から息を吹き込んで、尻から出てくる気を感じるんだと」

「それって、尻占いというより、屁《へ》占いじゃねえのか？」

虎之助は呆れて言った。

まさか、音と臭いで占うのか。もっとも、手相だって、要は手の皺《しわ》を見て適当なことを言っているのだから、たいして変わりはない。

「屁はすぐには出ないよ。気なんだと」

辰がそう言うと、

「ほんとに当たるらしいですぜ」

と、子分が言った。

「ほう」

「あんまり当たるので、江戸中から客が来てるんだよ」

「おっかあも観てもらったらいいじゃねえか」

「観てもらうよ。それで順番を待ってるとこなんだよ。たぶん、二十日後くらいになるんだって」

「なるほどな」

辰の話が途切れたところで、若い者が、

「そういえば、品川《しながわ》の庄屋で浜右衛門《はまえもん》という男の家に、牛と犬の仔《こ》が生まれたらしいですぜ」

と、言った。

「牛と犬の仔？」

「ええ。生まれてまだ半年くらいしか経《た》っていないのに、なにせ大きさが半端じゃないんです。こぉーんな、ですよ。こぉーんな」

若い者は、両手をいっぱいに広げた。

「見たのか？」

「いや、聞いただけですが、でも、そいつは見たって言ってました」

「それで大人になったら、どれだけになるんだよ？」

「だから、牛くらいになるんじゃないですか。おやじが牛なんだから」

「ふうん」

それは面白そうな話である。

虎之助はじっさい確かめることにした。

町太と、話をした若い者を連れて品川に向かった。

品川と言っても、北品川の御殿山《ごてんやま》の上のほうだった。ここなら、有馬家の下屋敷からもすぐである。

「あそこの家らしいです」

若い者が指差した。

百姓家のくせに、土塀が回してあったりして、態度がでかい。門のところには子分みたいな者もいる。

見つかったりすると、面倒になる。あぜ道の大豆が植わった陰に三人で隠れて見ていると、首に縄をつけた犬が出てきた。

「あれでしょう」

「ああ、そうだな」

ほんとにでかい。仔犬だというのに、たぶんもう江戸でいちばんでかい。

「薩摩《さつま》さまとか、お大名が何人か、譲ってくれと頼んだそうです」

「譲らねえのか」

「ええ。薩摩さまは百両出すとおっしゃったそうですが」

「それでも譲らねえんだ」

犬が駆け出した。

速さはそれほどでもない。だが、迫力はある。

「庄屋の浜右衛門てえ名は聞いたことあるよな」

と、虎之助は言った。

「庄屋といっても、自分のところで賭場を開くような悪たれです。近所の娘を手籠めにしたりして、下手なやくざより性質が悪いですぜ。虎之助さんが、鮫五郎《さめごろう》一家を全滅させてから、目立たないがけっこうでかい顔をしているんです」

「ああ、あの野郎か」

しばらく犬のようすを見ていると、

「虎之助さん。欲しくなったんでしょう？」

と、町太が言った。

「まあな」

どっちにせよ、綱吉や柳沢吉保におべっかを使うためにも、犬は飼わなければと思っていたのだ。

どうせ飼うなら、ああいう化け物みたいな犬を飼いたい。しかも相手は堅気とは言えない悪党である。

――なんか譲らせる方法はねえもんかな。

虎之助は思案した。

と言っても、まず、褒められるようなことは考えない。

三

十日ほど、虎之助は北品川に通った。

庄屋の浜右衛門は、いちおう小作人たちの野良作業の見張りにも回るのだが、あの巨大な犬を連れて行く。

虎之助はそっと近づいて、石をぶつけたりして苛《いじ》めた。

犬は気づいて吠《ほ》えるが、虎之助はすばやく逃げてしまう。
これを十日間、繰り返した。
このとき、虎之助は女中から取り上げた匂い袋を、かならず懐に入れておいた。
この匂いのするやつは、自分を苛めると、犬に思い込ませたのである。
十一日目の朝——。
よく晴れ渡って、気持ちのいい天気になった。
「天がおれに、今日、あの犬を盗めと言っているようだぜ」
虎之助がそう言うと、
「じっに」
と、町太もうなずいた。
今日は、こそこそしたりしない。
虎之助はきちんと身支度して、有馬家の駕籠に乗り込んだ。
よく磨き上げた漆塗りの駕籠で、金色に輝く有馬巴の家紋は一町先からも見える。
かつぎ棒は真っ赤に塗られ、意味のないびらびら飾りがあちこちに垂らしてある。
やくざ独特の趣味の悪さが、光り輝いている。

お国入りのときほどではないが、野依新右衛門など護衛の武士が数人、町太などの中間も入れたら二十人近い行列である。

この行列が、庄屋の浜右衛門が犬を連れて歩いているところへ近づいた。

「下がれ、下がれ」

前方の中間が、浜右衛門に道をどけるように言った。御三家ではないから、土下座はさせられない。

浜右衛門は慌てて道の端に寄り、犬を控えさせ、自分も頭も下げた。

虎之助が乗った駕籠が近づいた。

虎之助は、あの匂い袋を今日は三つも懐に入れている。

駕籠が犬の前を通るとき、犬が飛びかかろうと身を低くしたのを、虎之助は簾の隙間《すきま》から見た。

「がるる」

と、虎之助が小声で挑発したとき、

「わんわんわん！」

巨大な犬は、いきなり駕籠の簾を破って突進してきた。

「うわっ」

中にいた虎之助は反対側へと転がり落ち、そのまま犬と格闘した。

犬の力は想像以上である。しかも、喉首《のどくび》を狙って嚙《か》みついてくる。嚙まれたらぜったい助からない。

虎之助も一瞬、後悔したほど危なかった。

「よせ。やめ。伏せ！」

浜右衛門が飛んで来て、大声で叫んだ。犬は動きを止めた。浜右衛門の言うことだけは聞くらしい。

だが、すでにことは起きてしまった。有馬の殿さまは駕籠から転げ落ちて、土だらけになったばかりか、腕を嚙まれ、血が噴き出している。

「無礼な犬め。縛りあげろ！」

町太が怒鳴った。

浜右衛門もこれにはどうしようもない。仕方なく縛るのに協力した。

「申し訳ありません。こんなことは、いままで一度もなかったのですが。ほんとに、いったいどうしたのか。まるで、泥棒でも見つけたみたいに」

「ほう、泥棒だと?」

虎之助が睨んだ。

「あ、いや、その……」

悪党もすっかり周章狼狽《ろうばい》している。

「こちらは久留米藩主・有馬則維さまだぞ」

と、町太が言った。

「ははっ」

「この無礼な犬、屋敷に連れて行き、取り調べのうえ、手討ちにいたす」

「ううっ」

ぐるぐる巻きにした犬を数人がかりで持ち上げるようにした。

「有馬さま。お手討ちになされたら、なにとぞ首を」

と、浜右衛門は平伏して言った。

「首がどうした?」

虎之助は駕籠の中から顔を出して訊いた。

「首をお下げ渡しください」

「犬の首をか？」

「なにとぞ」

「できるか、そんなことを」

そう言い捨てて、行列は悠然と動き出した。

庄屋の浜右衛門が顔を歪め、

「犬を打ち首にだと。なんとかして、将軍の耳に入れてやる」

と、つぶやいたのだが、虎之助のほうはもう、浜右衛門の気持ちなどどうでもいい。

四

縛りつけて六人がかりで運ぶが、犬の暴れようは半端ではない。身体をねじ曲げ、嚙みつこうとする。

「駕籠に入れろ」

と、虎之助は言った。

犬を駕籠に入れ、自分が歩いた。

「虎之助さん。この犬は大変ですぜ」

町太が言った。

「なんで？」

「あっしはガキのころから何匹も犬を飼ってきたからわかるんですが、犬ってのはおれはこの人の子分なんだと思わねえと、ぜったい言うことは聞きません」

「餌《えさ》やりゃあいいんだろうよ。武士もやくざも、餌もらえるやつに、子分になってへこへこするんだから」

「犬は餌もらうだけじゃ駄目です」

「ほう。人間より誇りがあるな」

「そのかわり、子分になったら、忠誠心は人間と比べものになりません」

「じゃあ、どうする？」

「一度、力で押さえつけなきゃ駄目です。まあ、あの犬は、ちっと飯抜いて弱らせてからがいいでしょう」

「弱らせてからだと。馬鹿言うな」

虎之助はいきり立った。虎が犬に負けてたまるかと言わんばかりである。

途中、高輪の下屋敷がある。田村が避暑を勧めたところである。

敷地は一万七千坪。上屋敷は二万五千坪あるが、向こうは建物が多いので、建物が少ないこの下屋敷のほうが、庭ははるかに広い。

「よし、ここでやる」

「いやあ、やめといたほうがいいですよ」

だが、虎之助は決めたのである。

門を開けさせ、中に入った。

屋敷には入らず、そのまま芝生《しばふ》が広がる庭に出た。

ここは田村が言っていたように、本当に気持ちがいい。高台で、江戸湾が真下に見渡せる。

その絶景の庭で、犬の綱をほどき、いまから一対一の喧嘩をしようというのである。

「殿、刀を」

と、野依が言った。

「馬鹿。殺しちまったら、ここまで苦労した意味がねえだろうが」

革を持って来させ、これを晒《さらし》で両腕に巻きつけた。嚙みつかせるのはここで、後は力でねじ伏せるつもりである。

「あの牙《きば》さえ防げば、力じゃ負けねえ。さあ、いいぞ」

虎之助は相撲《すもう》取りのように腰を落とし、両手を広げた。

縄を解くのにも、皆、おっかなびっくりである。

ついに犬が虎と向き合った。

「ほら、かかって来いよ！」

「がるるる……」

あらためて見ても大きい。目方は虎之助よりあるだろう。

耳は大きく、垂れている。顔は虎之助の三倍くらいはありそうである。四つ足のくせに、体高も虎之助の腰近くまである。

顔は頭部から目のあたりまでは茶色だが、顎のあたりは白い。身体も白いが、尾の周囲は茶色い。

「がうっ！」

犬が凄《すご》い速さで助走し、虎之助の喉首に飛びついてきた。

人間の急所を知っているのか。

これを左腕で防ぎ、放り投げるようにしたが、がっぷり食いついて離れないため、いっしょに転がってしまった。

虎之助は組み敷こうとするが、犬は激しく身体を揺さぶって、そうはさせない。

誰も見たことのない凄い戦いになった。

「がふがふがふ」

首に噛みつこうとするのを、必死で防ぐ。

「がうがうがう」

と、吠えたのは虎之助である。

左腕を噛ませながら、右腕で喉を絞め、身体で押さえつけるようにして、完全に上になった。

「どうだ！」

それでもまだ凄い力でもがく。虎之助もはね飛ばされそうになるので、一発こぶしを叩き込んだ。

これが効いたらしい。

「くう」

犬の力が抜けた。

「降参だな！」

「わう」

ついに犬は屈服したのだ。

虎之助が立ち上がると、尻尾を振り始めた。

「よし」

餌を持って来させた。

これを虎之助が与えた。

「おめえはこれからこの虎之助の子分だ。いいな！」

五

三田赤羽橋の屋敷に帰る前に、浜松町二丁目の丑蔵一家に立ち寄った。

この犬を見せると、辰もびっくり。

「え……」

相撲取りにも突っかかっていったという辰が、後ずさりするのを、子分たちも初めて見たのではないか。

「ほんとに犬かい？　化け物じゃないよね」

「いや、犬なんだ」

「鳴かしてみておくれよ」

「誰か肉を持ってねえか」

「あ、干した鹿肉が」

子分がそれを持って来て、離れたところで振って見せると、

「ううう、わん」

と、吠えた。

「ほんとだ、犬だ」

「やっぱり牛と犬のあいだに生まれた犬なのかね」

虎之助がそう言うと、

「いや、牛と犬のあいだに仔が生まれるなんて、聞いたことないね。そういうことは、占い師のおちょんに訊いてみるといいよ」

そう言って、辰はおちょんを呼びにやった。

おちょんは、「辰さんの順番はまだだ」と言ったらしいが、「牛と犬の仔だ」と言うと、すっ飛んで来た。

「どれどれ、あ、これ？」

仰天したが、恐る恐る犬に近づいた。

犬は、「はあはあ」と言いながら、両足でおちょんにのしかかろうとする。

おちょんはその犬の息を嗅ぎながら、尻に手を当てていたが、

「異国の風を感じる」

と、言った。

ちょうどそのとき、表通りから家の中に強い風が入って来て、家中をばたばた言わせながら裏へと吹き抜けて行った。

「あ、思い出した」

と、辰が言った。

「なんだよ、おっかあ？」

「ほら、去年の暮れ近くに、ここをカピタンの江戸参府の行列が通ったじゃないか」

辰がそう言うと、

「あ、通りましたね」

「あっしも見ました」

と、子分たちが何人もうなずいた。

カピタンとは、長崎にある出島のオランダ商館の商館長のことである。毎年春に、長崎から江戸にやって来て、将軍に挨拶し、さまざまな南蛮みやげを渡して帰るのが、恒例となっている。

「あのとき、馬鹿みたいに大きな異国の犬を連れていたんだよ。それの落とし仔なんじゃないのかい」

この辰の指摘に、皆、いっせいにうなずいたが、あいにくと虎之助はその行列を見ていなかった。

# 六

犬の名前は、なんの衒《てら》いもなく、「うし」にした。やくざらしい率直さである。

虎之助は可愛《かわい》くてたまらない。

恐ろしさに遠巻きにしている田村たちに、

「まず、こいつの餌を確保しないとな」

と、言った。

「米の飯じゃ駄目なんですか？」

「ああ。米の飯も食うが、もともと獣を食ってる生きものだから、米の飯だけじゃ力がつかないらしいぜ」

「浜右衛門は、こいつに食わせるため、ニワトリをつぶしていたそうです」

と、町太が言った。

「そうか。じゃあ、この庭でもニワトリを飼うぜ。あと、冬はその池にも鴨《かも》が来るだろうからそれも捕まえて犬の餌にしよう」

「なるほど」

「それと、町太、田町《たまち》の海沿いにももんじ屋があっただろう？」

「ああ、行ったことがありましたね」

「そこに行って、こいつの餌の手配を頼んで来い」

「わかりました」

これで餌の手配は大丈夫だろう。

「それで、こいつは屋敷の中も勝手に歩いてかまわないことにしよう」

と、虎之助は言った。

「犬がですか？」

田村が不満げな顔をした。

「そりゃあそうさ。こいつが家の中に入っては駄目だということにすると、おれが屋敷の中で襲われたとき、役に立たねえだろうが」

そう思ってこの犬が欲しかったわけではないが、つねにそばにいる光景を想像したら、ひどく安心な気がしたのである。

「ははあ。殿も意外に用心深いのですな」

「ばあか。やくざが用心深くなかったら、三月《みつき》と生きちゃいられねえのさ。おれたちは武士みたいに甘やかされちゃいねえんだぜ」

だが、うしが屋敷の中を勝手に動き回り始めると、いろいろ面倒を起こすようだった。

まず、女中頭の花岡《はなおか》から文句が来た。

「殿さま。うしがそこら中の柱に小便をかけて回るのですが」

「そりゃ、うしじゃねえだろう」

「いいえ、わたしはするところをしっかりこの目で見ましたから」

と、花岡はきっぱりと言った。

もう六十近い女中だが、台所から掃除、洗濯のことなど、この女中頭がすべて取り仕切っているらしい。田村でさえ、この女には頭が上がらない。

「それは犬の挨拶みてえなものなんだろう。そこらの犬もよくやってるじゃねえか」

「ですが、臭いがついて」

「そんなもの、おれは気にしねえよ」

「そうですか」

藩主が気にしないと言っているのだから、屋敷の者が気にすることはできない。

「だいたい、家の中を歩かせる飼い主が悪いんだから、うしを叱らず、おれを叱ったらどうだい？」

「そんな、殿さまを叱るなんて」

花岡も呆れ顔である。


うしは、屋敷中をうろうろするうち、道場にも興味を持ったらしい。

「殿。うしがまた道場にいます」

と、若い藩士が報《しら》せてきた。

「どれどれ」

虎之助は急いで見に行った。

なるほど、藩士たちが六人ほどかかり稽古をしているのを、わきのほうでじっと見ているではないか。

「うし。お前も稽古したいのか？」

「うう、わん」

したいらしい。

「おい、誰か相手になれ」

虎之助の言葉に、稽古中だった藩士たちは唖然とした。

「え、竹刀を使ってもよろしいのですか？」

「むろんだ」

「でも、竹刀で叩けば犬だって怪我しますよ」

「叩けるかどうか、やってみろ」

虎之助は適当に一人を選び出し、うしと戦わせることにした。

若い藩士は、うしを脅すように、竹刀を鋭く振った。

ひゅう。

という音に、うしは逆に闘志を燃やしたらしく、

「がるる」

と、唸った。

である。

「さあ、来い」

若い藩士は青眼《せいがん》に構え、足を前後に揺するようにする。なかなかいい足さばきで
ある。

うしは臆するようすもなく、身を低くし、いつでも飛びかかれるような構えを取
っている。こちらもいい構えである。

「よし、うし。行け」

虎之助がけしかけると、うしは突如、藩士めがけて跳んだ。

「とあっ」

振り下ろす竹刀より先に、うしは相手の手首にがっぷり食いついた。

「うわっ」

藩士はそのまま仰向けに倒れ、逃げようとするが、うしは食いついて離れない。

「がるがるがるっ」

と、唸り声も怖ろしい。

「こ、降参です」

若い藩士が叫んだ。

小手を打たれてもいいように、晒を巻いていたが、それがなかったら手首を食いちぎられ、大変なことになっている。

「うし。よせ！」

うしの動きが止まった。

「うし、来い！」

虎之助のところにもどって来る。

「よおし、よくやった」

褒めながら、首の周りを撫《な》でてやる。浜右衛門はときどき櫛削《くしけず》っていたというので、虎之助も毛がふさふさしている。この肌触りも気持ちいいのだ。

虎之助が顔を近づければ、親しげに寄って来て、顔中ぺろぺろと舐《な》めてくれる。

こんなことは花魁だってしてくれない。

虎之助とうしが庭に出ていた。

「おめえも多少はしつけをしなきゃな」

「くぅう」

しつけは苦手だというような顔をした。浜右衛門のところでもずいぶん言葉を覚えているのだ。

「うし。挨拶を覚えるか」

「わん」

「やくざの挨拶はこうだ。おひけえなすって」

と、虎之助は中腰になり、右の手のひらを前に差し出した。

すると、うしはその手のひらに前足をのせた。

「それじゃお手だろう。そうじゃねえ。手をくるっと前に向けるんだ。こう」

だが、また同じようになってしまう。

「犬の足って、前を向けられねえのか」

「わん」

「だから、手って言わずに、前足というのか」

と、虎之助は納得した。

このようすを隠れて見ていた田村たちは、声が洩れないようにしながら転げ回って爆笑した。

七

そんなとき——。

一人の男が、屋敷に衝撃をもたらした。

「大変です。小野寺さまが帰って来ました！」

門番が屋敷中を駆け回って騒いでいる。

あまりの騒ぎように、虎之助も玄関口まで出て行って、

「誰が来たのだ？」

と、ぼんやり突っ立っている田村に訊いた。

田村は、幽霊を見たような顔をしている。

「当藩士の小野寺十内でございます」

小野寺という藩士は玄関口に立って、

「恥ずかしながら、国許から帰って参りました」

と、頭を下げた。

痩せて、顔色も悪く、幽霊に見えなくもない。

「合わせる顔はないのですが……」

小野寺はそう言って、辛そうに顔を歪めた。

まずは、湯を浴びさせ、身なりを正させてから、詳しく話を聞くことにした。

そのあいだに、田村が事情を説明した。

「小野寺十内は、亡くなった前の江戸家老が、二年前に国許にいる有馬豊胤さまを殺すために差し向けた刺客なのです」

「刺客？」

これには虎之助も驚いた。けちな手段で狙われるのは自分だけかと思っていたが、どうやらお互いさまらしい。

「前の江戸家老の渡辺主水は、ちと強引な性格でしたので」

「やってることはやくざといっしょじゃねえか」

と、虎之助は呆れて言った。

「いや、まあ」

「田村は止めなかったのか」

「渡辺どのは止めても無駄で、逆にわたしが国許派ではないかと疑われそうでしたので」

「それでどうなった？」

「しくじったことは間違いありません。なにせ豊胤さまはご存命ですので」

「だろうな」

「ただ、小野寺は当然、斬られて死んだと思っていたのです」

「それが生きてたってか」

「だが、小野寺がしくじるとは、誰も思っていませんでした。当藩きっての遣い手でしたし、きわめて慎重な男でしたので」

と、田村は首をかしげた。

まもなく、身なりを整えた小野寺がやって来た。

「頼旨さまの跡継ぎであられる則維さまじゃ」

と、田村が言った。

「お初にお目にかかります」

「刺客だったんだってな？」

「はっ」

「しくじったのか？」

「申し訳ありません」

「小野寺は腕が立つと、皆、言ってるぜ。なんでしくじったんだい？」

「わたしは、国許のようすを見て来るという表向きの命を受けて久留米に入ったのです。方々案内されている途中、田を見下ろす高台で、豊胤さまと並んで立つときがございました。ここぞ千載一遇の機会と、刀を抜くのに一歩足を踏み出しました。ところが、そのとき足元の土が崩れたのです」

「ほう」

「思いがけないことでした。わたしの剣は、豊胤さまの袖を切っただけ。崖下まで転がり落ちました。それで、刺客ということも知られ、牢に入れられました」

「死のうとは思わなかったのかい？」

やくざは思わないが、武士なら思うのではないか。

「わざわざ死ななくてもどうせ斬られるだろうと思いまして」

「だが、斬られなかったわけか？」

「はい。不思議です」

「不思議でもねえな。なんか役立たせようと思ったんだろう」

「…………」

「それで、二年もどこにいたんだ？」

と、虎之助は訊いた。

「牢におりました」

「なんでいまごろ急に放免されたんだ？」

「放免されたのではなく、城内の牢から、田舎の牢に移されるというので、その途中で脱走いたしました」

「そりゃあ、ついてたな」

「もう逃げる気力もないと思っていたようです」

「じゃあ、ずっと牢屋暮らしだったのかい？」

「はい」

「かなり広い牢だったみてえだな」

虎之助は、小野寺をじいっと見て言った。

「は？」

「痩せてはいるが、肝心の筋肉はまったく衰えちゃいねえ。鍛錬は怠りなかったんじゃないか？」

「牢のなかでもつねに身体を動かすようにしていましたから」

「たいしたもんだ。まあ、しばらくは骨休みでもすることだ」

「ありがとうございます」

小野寺は深々と頭を下げた。

虎之助のわきで、うしがずうっと低い唸り声を上げていた。

八

それから数日後——。

城から使いが来た。綱吉からの呼び出しだという。

「即刻、城に出て参るように。上さまが問い質《ただ》したきことがおありだ」

と、使者は言った。

いつもと調子が違う。しらばくれるのはまずそうである。

「では、ただちに着替えたうえで、登城いたします」

と、使者を先に帰した。

ちょうどそのとき、同心の境勇右衛門がやって来た。めずらしく息を切らしている。

「虎之助さん、大変だぜ」

「なにが？」

「品川の庄屋の浜右衛門が、奉行所を通して訴えたらしいぜ。有馬さまは、犬を打ち首にしましたと」

「ははあ、それで怒ってるのか」

合点がいった。

わけがわかれば、あとはどうにでもなる。

「まずいだろう」

と、境は心配そうに言った。

「まずぃな」

「ほんとにしたのかい？」

「そこにいるよ」

と、風通しのいい廊下で寝ていたうしを指差した。

「ははあ。なんか一芝居打って、自分のものにしたわけか」

境は察しがいい。

「そういうこと。あんまりいい犬だったんでな」

「噂には聞いたが、ほんとに化け物みたいにでかいな」

「もらって来て十日ほどだが、また一回り大きくなったからな」

うしは、自分の話をしているのだとわかったらしく、のそのそと虎之助のそばにやって来た。

「だが、生きてるとしても、それはそれでまずいんじゃないのか。大名が庶民を騙して、犬を盗んだってことになるんだから」

と、境は言った。

「そうかあ」

また綱吉というのが、しょっちゅう儒学の講義をしたり、説教が大好きだったりする。騙して盗んだなどというのは、いかにも怒りそうなことである。

いや、もうすでに怒っているのだ。

大名同士ならともかく、さすがに綱吉に凄んでごまかすという手は使えない。

「どうするかねえ」

虎之助は首をひねった。

九

虎之助は、うしを連れてお城に参上した。

表の御座の間に待機すると、すぐに綱吉が柳沢吉保とともにやって来た。まったく柳沢という男は、腰巾着そのものである。

「有馬。そなた、とんでもないことをしたらしいな」

綱吉は怒りも露《あらわ》に言った。

「とんでもないことですか」

「とぼけるな！　そなた、あろうことか、犬を打ち首にしたらしいな。なにゆえにそんな酷《ひど》いことをいたした？」

「じつは、わたしが、駕籠に乗っていたら、巨大な犬がいきなり飛びかかってきたのであります。わたしはてっきりこれは曲者《くせもの》と思い、すぐに格闘となりました。結果、わたしもここを噛まれて、傷が残っております」

と、腹をめくった。腹の皮膚がぎざぎざになっている。

だが、じつは別の傷である。うしに噛まれたところは、たいして傷になっていない。

なにせ、全身、傷だらけ。いくらでもごまかしは利く。

「それは、そなたにも同情の余地はある。しかし、わしが犬をことのほか大事にしていることは、そなたも存じておろう！」

わきで、柳沢吉保も困っている。

これには助けようもないという顔である。

虎之助、切腹。久留米藩、改易。

そう言い出してもおかしくない綱吉の剣幕である。

「もちろん存じ上げております。そのとき、上さまのお言葉も頭をよぎりました。しかし、大名の受けた屈辱もそのままにしてはおけませぬ。じつは、お目にかけたいものが」

「なんだ?」

「あの者を」

と、顔なじみの茶坊主にうなずき、うしを庭に連れて来させた。

「これがそのときの犬でございます」

虎之助は言った。

「生きていたのか? ん?」

綱吉が首をかしげた。

「え?」

柳沢も妙な顔をした。

犬がどうも妙なのである。

「この犬はわたしへの詫《わ》びのため、出家させました」

と、虎之助は言った。

うしの頭がつるつるに剃られてある。

なんと坊主頭になっているのだ。

黒い袈裟《けさ》みたいなものを着て、首には数珠《じゅず》を巻いている。

その姿は、珍妙でもあるが、しかし可愛くもある。

「あっはっは」

これには綱吉と柳沢吉保もひとしきり腹を抱えて大笑い。

その笑いが収まると、

「しかし、あの庄屋は不届き者ですぞ」

と、虎之助は言った。

「たしかに、ちゃんとつないでおかなかったのだろう」

綱吉はうなずいた。

じつはつないであった。

それを野依が居合い抜きで縄を切ったのだ。

「いえ、それだけではありません。上さまは、この犬の父をご存じないですか？」

「牛だという噂があるらしいな」

「それは、あの庄屋のでっち上げです」

「なんと」

「この犬の父は、出島のカピタンが江戸参府のおりに連れて来た、せんとばるなるどなる巨犬なのです」

「ああ、たしかにおったな」

と、柳沢吉保が言った。

「庄屋はその子種欲しさに、自分の犬を行列に近づけ、誘わせたのです。どういうことか、おわかりですか。犬に女郎のようなことをさせたのですぞ」

「なんと、犬に女郎の真似を」

綱吉の顔が怒りでどす黒くなった。

「しかも、大名に噛みつかせたしくじりは棚に上げて、奉行所に訴えて出るなどしたのですぞ。これが、生類憐《しょうるいあわ》れみの令に則ったふるまいでありましょうか」

と、虎之助は綱吉ににじり寄るようにした。

「わん」

後ろではうしが、それに合わせたように鳴いた。

「有馬、そなたのほうが正しい。即刻、その庄屋とやらを裁きにかけよ」

綱吉が大広間で言い渡すような調子で言った。

「さすが、上さま！」

虎之助はそう言って、内心では呵々大笑《かかたいしょう》したのだった。

十

そのころ——。

辰はおちょんのところにいた。

「すみません。なんかいやに繁盛しちゃって、辰おばさんを待たせるなんて」

「いいんだよ。あたしまで待たせたってことが噂になれば、誰もごり押しはできなくなるだろ」

「ほんとに、そうなんですよ」

「それに、ちっとくらい待っても、運命が変わるわけじゃないし」

「ええ。でも、しっかり観させてもらいます。辰おばさんを観るときのため、おにぎりを用意したんです。本気で観るには体力も使うので」

「そうなんだ。しっかり食べとくれ」

おちょんは大きなおにぎりをぺろりと平らげ、腕をぐるぐるっと回すと、

「さあ、では、観ましょうか」

「遠慮はいらない。いいことも悪いこともしっかり観ておくれよ」

「わかりました」

おちょんはそう言って、辰に近づき、何度か深呼吸をしたあと、

「口を開けてください」

「こうかい」

「ふうっ」

と、辰の口に息を吹き込み、左手を辰の尻のほうに回した。

それからじっと、何か気配をうかがうように、すこし首を傾けていたが、

「あっ、あああっ」

悲鳴のような声を上げた。

「どうしたい、おちょんちゃん？」

「あっ、あっ」

おちょんのようすがおかしい。苦しそうである。

「なにかあったのかい？」

「辰おばさんの」

「あたしの？」

「葬式が見える！」

そう言って、おちょんはどっと泣き崩れた。

# 第三話　「呪いってのはやっぱり怖いぜ」

## 一

　虎之助は、新しい食べものに目がない。どんなものか、一回は食べてみないと気が済まない。これはおそらく母親の辰の影響もある。

　辰はある時期から丑蔵一家の三度の飯の世話をするようになった。もちろん若い衆に手伝わせるから、そう大変ではなかったが、いちおう台所を取り仕切っていた。

　辰の料理はかんたんである。山ほどの刺身。山ほどの漬け物。なんでも入れた味《み》噌《そ》汁《しる》。これを年がら年中出す。

「たまには違うものが食いたい」

などという声が出ようものなら、

「やくざが食いもののことでごたごた抜かすんじゃねえ！」

と、怒る。

だが、いつも同じものを食うのは、自分でも飽きるのだろう。どこそこに新しい食いもの屋ができたと聞くと、かならず虎之助を連れて食べに行った。

その食べ歩きの楽しさが、虎之助の頭に刻み込まれたに違いない。

近ごろ、芝口《しばぐち》一丁目に〈一丁目屋〉というおにぎり屋ができた。

本店は日本橋の通《とおり》一丁目にあり、界隈で凄い人気だという。その出店が、南伝馬《みなみでんま》町《ちょう》一丁目や、新両替町《しんりょうがえちょう》一丁目、尾張町《おわりちょう》一丁目、本町一丁目、鍛冶町《かじちょう》一丁目など、日本橋のいろんな町の一丁目につくられつつあり、たちまち芝にも進出して来たのである。

虎之助はさっそく町太とともに行って、買って食べてみた。

「ほう。こりゃあうまいな」

と、感心した。

いままでになかった工夫がある。なんと、おにぎりが海苔《のり》で巻かれているのだ。

そのため、食べている途中でご飯がぽろぽろこぼれたりしにくい。これは外で食べたりするときでも、食べやすい。

巻くのは海苔だけではない。塩漬けにしたシソで巻いたものもある。これも独特の風味でおいしい。

また、おにぎりと言えば、中には梅干しを入れるものと決まっていたが、この一丁目屋では、魚の身をほぐしたものや、かつおぶしにしょう油を混ぜたものなども入れる。

「これだといくつ食っても飽きませんね」

と、町太も感心することしきりである。

「この店は流行《はや》るぞ」

虎之助は予言した。

下手したら、江戸中を席巻《せっけん》するのではないか。

もっとも、そこはうまくしたもので、すぐに真似をするところが出てくるから、完全に制圧することはできないはずである。

「虎之助さん、もしかしてみかじめ料を狙っているんですか？」

「馬鹿。素っ堅気の商売にちょっかいは出さねえよ」

と、虎之助は言った。

やくざもあらゆる店からみかじめ料をもらうわけではない。商人はお上に、間口に合わせて地代を払っている。そのうえに、かならずやくざに金を払うとなったら、お上も黙っていない。

しょっちゅう揉めごとを起こし、なおかつお上にはあまり腹を探られたくないというようなところが、やくざにみかじめ料を払う。

おにぎり屋などの、いわば真っ当な商売なら、揉めごとは町方に訴えるのがふつうなのだ。

ところが――。

虎之助が一丁目屋のおにぎりを食べた数日後、嫌な話が入って来た。

この芝口一丁目の店に、漁師崩れの怠け者が、おにぎりの中に貝のかけらが入っていて、口の中を怪我したと、いちゃもんをつけた。

すると、

「そういう話だったら、日本橋の万五郎親分のところに行ってくれ」

と言われたのだという。

その話を聞いた丑蔵一家では、

「どういうことだ」

と、騒然となった。

「日本橋通一丁目の本店では、万五郎一家に世話になっているんだそうです。それで、ほかの出店の問題もぜんぶ万五郎親分に頼るのは当然だと」

この話を聞いてきた若い衆はそう言った。

「そういう理屈を言い出してるのかい。冗談じゃねえ。芝の揉めごとは丑蔵一家が解決してやるんだ」

と、辰は文句を言いに行くことにした。

背中の彫物は、彫師も呆れるくらいの根性のおかげで、だいぶ進んでいる。若いときと違って、肌が皺々になっているのも、痛みや発熱が少なくて済んでいるのかもしれない。もっともそう言った彫師は、もの凄い目で睨まれた。

もろ肌はまずいが、片方の肩あたりは見せられるかもしれないので、ちゃんと晒を巻いた。着物は紫のどくろの小紋で、襲名披露のときにもらった竜柄の金色の帯を締めた。

さらに喧嘩のとき、相手の向こう脛《ずね》を蹴るため、男物に近いくらいがっちりした作りの下駄《げた》を履いた。

「行くよ」

辰が歩き出すと、両脇と後ろに若い衆が四人つづいた。

店は混んでいる。

辰は横から店の者に向かって、

「あんたんとこは、日本橋の万五郎のところにみかじめ料を納めているんだってな？」

と、大きな声で言った。

周りにいる者が騒ぎ出した。

「お辰親分だ。怖いぞぉ」

「耳をふさげ。金切り声で鼓膜が破れるぞ」

辰はそうした騒ぎにちらりと目をやり、

「ここはあたしの縄張りだってことを知らねえのかい？」

と、吠えた。

「ええと、どちらさまで？」

「知らざあ言って聞かせるさ。背中の二匹の竜が、夜な夜な江戸の上を飛び回り、朝になると、このお辰の背に帰るって話を知らないんだね。気の短いのを恐れられ、ついた綽名は不忍《しのばず》のお辰。芝界隈の揉めごとは、ぜーんぶあたしが仕切ってんだぜ」

「お見それしました」

「なんなら、可愛い竜を見せようか？」

ちらりと腕まくりをした。肩先あたりの竜の尻尾はすでに仕上がっている。いまにものたうち出しそうな迫力である。

「いや、ご勘弁を。わかりました」

慌てて出て来た店の男衆が、両手をばたばたさせて、辰をなだめた。

「なにがわかったんだい？」

「お支払いします。月々のみかじめ料を」

意外にかんたんに折れた。

日本橋のほうとはまた別に、芝の分のみかじめ料は、丑蔵一家に払うということになったのである。今後も出店をつくるというが、それはもちろん店ごとに徴収するのが丑蔵一家の倣《なら》いである。

「もう少しこじれるかと思ったがね」

辰は機嫌よく言った。自分の迫力も、いよいよ本物になってきたかと思った。

二

虎之助は、次の日にその話を聞いた。

なにか気になった。みかじめ料などは、そうかんたんに出すものではない。一丁目屋にはよほど後ろめたいことがあるのだろう。

「おっかあ、まだ、もらうな」

と、虎之助は言った。

「もう、もらっちまったよ」

辰は不愉快そうに言った。

もらってしまったならしょうがない。

虎之助は、武士のなりに着替え、日本橋の一丁目屋を見に行くことにした。

通一丁目の店まで行く途中、尾張町一丁目と新両替町一丁目にも出店があった。

どこも同じ造りである。のれんには、可愛いおにぎりの顔をした小僧が描かれている。

「あ、おにぎり小僧しゃんだ。食べたい」

などという子どもの声がした。

大工など腹を空《す》かした男だけではない。むしろ、子ども連れのおかみさんのほうが多いくらいである。おにぎりの味がいいだけでなく、女子どもに好かれる工夫までしているのだ。

通一丁目の本店に来た。

本店と言っても、店の大きさはほかと変わらない。つまり、どこも同じだから、一目でわかるのだ。

おにぎり用の海苔を届けに来たらしいお店者《たなもの》がいたので、

「このおにぎり屋のあるじはどの人だ?」

と、訊いた。

「あ、いま、奥に立っている小肥《こぶと》りの女がいるでしょう。あれが女将《おかみ》さんですよ」

「商売がうまいな」

「ほんと、たいしたもんですよ」

お店者もしきりに感心した。

ずっとおにぎりを握ってきたおばちゃんがやれることではない。

虎之助は、ふと、万五郎の女房のおしまのことを思い出した。本銀町《ほんしろがねちょう》にあった〈蔵屋〉という飲み屋は、おしまがやっているという店だった。

あの店とはまるで違うが、客の気持ちを摑む細かい技が光るという点では共通している。

万五郎一家は、いま、新しいことをしようとしているのか。なにせ、押され気味だった浅草の独眼竜《どくがんりゅう》がいなくなった。そこを金にものを言わせて自分の縄張りにしてしまったのだ。

誰のおかげだと言いたいところだが、しかし虎之助が殺したとは言えない。

そんな万五郎のところが、おにぎり屋などという細かい商売にからんでいるとは思えないのだが……。

おにぎりを十個ほど包んでもらい、南町奉行所に行って、境勇右衛門を呼び出してもらった。

奉行所の前には、訴えのためや、呼び出しに応じて来る者のため、腰かけが用意されている。そのうちの一つに座り、

「手みやげだ」

と、包みを差し出した。

「ん？　おにぎりかい」

「いま、人気の店だよ。一丁目屋ってんだ」

「ああ、流行ってるな。うまいのかい？」

と、包みを開いて一つつまんだ。

海苔で包んだやつである。

「へえ、中は梅干しじゃねえんだ。かつおぶしに味つけしたやつだ。うまいね。へえ、こりゃあ売れるわけだ」

次は、砂糖をまぶしたほうも食べた。

「こっちもうまいよ。中身は干し柿だ」

「へえ、それもうまいかい？」

と、虎之助も手を伸ばした。この前は中身があんこと聞いて、食指が動かなかった。

「なるほど」

意外に甘いおにぎりもうまいものである。

「ここがどうかしたのかい？」

と、境は怪訝そうに訊いた。

「探ってもらいてえんだ」

「おにぎり屋なんざ素っ堅気の商売だろう」

「そう思うよな。だが、万五郎一家にみかじめ料を払ってるっていうんだ」

「ふうむ。だが、万五郎のところは魚屋もやってるからな。そういう付き合いでちっとつながってるところもあるらしいぜ」

「まあな」

町方同心は忙しいのだ。よほど怪しいやつが相手でないと動かない。

境は虎之助を見て、

「だが、あんたがそこまで睨んだなら当たってみるよ」

と、言った。

「すまねえ。張り込んだりするのに人手がいるなら、おれのところから出すぜ」

「いや、腕のいい若いのがいるんで、そいつを動かすよ」


翌々日——。

境が三田赤羽橋の久留米藩邸にやって来た。

「たいした勘だね、虎之助さん」

「なんかあったかい?」

「一丁目屋の女将ってのは、おしまの叔母《おば》だったよ」

「てことは?」

「じっさいに商売を取りしきっているのは、万五郎一家のおしまだ」

「やっぱりそうか」

「おいらも意外だった。虎之助さんから言われなかったら、気づかないままだったろうな」

「あのおしまってのは相当な遣り手だ」

「そうなのさ。奉行所でもやくざをのさばらせ過ぎ——すまねえ、あんたんとこもそうだけど」

「いや、いいんだ。おれもやくざはのさばり過ぎちゃあいけねえと思ってるんだ」

虎之助はいけしゃあしゃあと言った。

「とにかく奉行所でも、万五郎のところには目をつけてるんだが、なかなか尻尾を摑ませねえ。この数年、喧嘩沙汰は減ったが、裏の動きが増えているみたいなんだ」

やくざの裏の動きは、一見、まともそうだったりする。

「しかも、浅草まで握ったんだぜ」

と、虎之助は文句を言うような調子で言った。

「まったくだ。だが、あんたんとこも上野に手を伸ばしたじゃねえか」

「おっかあが上野を欲しがってな。だが、あそこは丑蔵一家にしたら陸の孤島みてえなところさ」

「あいだに万五郎の巨大なシマがあるからな。だが、おしまがやっているとしたら

「……」

「おにぎり屋もただの商売じゃねえな」

虎之助は腕組みして考えた。

万五郎一家は、いま、そしてこの先、なにをしようとしているのか。

「おしまと万五郎の子どもってのはいるのかい？」

と、虎之助は訊いた。いままで、そんなことはどうでもいいと思っていた。

「いるよ。まだ、七つか八つのガキだが」

「いるのか。ほかに前妻の子どもだの妾《めかけ》の子どももいるよな」

「ああ。だが、やくざは子どもに跡は継がさねえんだろう？」

「いちおうな。だが、おれのところの例もあるし、いろいろ手口はある」

「なるほど」

「いっぺん、あいつの血縁を調べる必要があるな」

「それはおいらも手伝うよ。たしかに気になってきた」

「それと」

虎之助はもう一つ、気がかりがある。

「なんだい？」

「いや、あの芝口一丁目の店の女将が万五郎の身内なら、すぐにみかじめ料を払ったのは怪しいと思ったのさ」

三

三田赤羽橋の久留米藩邸のわきを流れるのは、新堀川である。

この川をさかのぼると、麻布から白金、広尾《ひろお》といった閑散とした田んぼや畑が広がるあたりに出る。

新堀川の細々とした支流。

ここで、久留米藩の二人の藩士が釣り糸を垂らしている。

「ずいぶん、変なところに呼び出したな」

と、野依新左衛門が言った。

「ああ。あのあたりでは、危ない話はできないのだ」

そう言ったのは、小野寺十内である。

「危ない話？」

野依は警戒した顔で訊いた。

「有馬豊胤さまから、江戸藩邸に入ったら、まず野依新左衛門に事情を説明するようにと言われた」

「ということは、小野寺は？」

「わしは豊胤さまのために働くことにした」

「ほう」

野依は目を瞠《みは》った。

藩邸内の者は、皆、小野寺のことをまったく疑っていない。野依もそんなことは思いもしなかった。

「あんたはずっと江戸詰めだったよな？」

野依は小野寺に訊いた。

「そうだよ。野依が国許から来たのは三年ほど前だったよな」

「ああ」

二人とも同じ三十歳くらいである。

だが、役目が違ったため、ほとんど接触はなかった。そして二年前には、小野寺は密命を受けて、国許に潜入していた。

わずか二年で、小野寺は本当に国許派に蔵替えできたのだろうか。

「で、今度は豊胤さまからの密命か？」

「わしは刺客だ」

「なんと」

刺客が逆の刺客になって帰って来た。

本当のことなのか。もしかしたら、国許派たちの真意を探るのに、則維が企んだことではないか。

「則維を斬る」

と、小野寺は言った。

「斬るだと……」

野依はその目を見た。思い込んでいる目である。嘘ではない。

「協力してくれ」

「わかった」

と、野依はうなずき、

「だが、則維はかんたんにはやれないぞ」

「らしいな」

「慎重に仕掛けないと」

「手間は厭《いと》わぬ」

「しかも、わしらのことはすでに則維に知られているのだ」

「知られているだと」

小野寺は目を剥《む》いた。

「最近、地元への奉仕も大事だと、火の用心をやらされている」

「ああ、夜、やってるな。こんなことを始めたのかと思ったんだが」

「その火の用心組にされたのは、全員、国許派だ」

「なんだと」

「つまり、則維はすべてわかっているということだろう」

「それはまずいな」

「だが、逆に則維はこっちを見くびってもいる」

「なるほど。そこがつけ目か」

野依は、則維の味方になると約束した。

いまは、そのことを後悔していた。腹を切るよりはと、則維の家来になることを選んだので、則維に心酔したわけではない。あんな男に這《は》いつくばるなど、屈辱以外のなにものでもない。

だが、ここで小野寺とともに則維と用人の田村さえ殺してしまえば、いろんなことは有耶無耶《うやむや》にできる。むしろ、誰になにを詫びる必要もなく、江戸表の豊胤派の首領面さえできるというものである。豊胤が次の藩主として江戸に来た暁には、自分は側近としての地位も与えられるだろう。

「野依。引いてるぞ」

小野寺が野依の浮きを指差した。

竿《さお》を上げると、大きなフナが釣れた。

「小野寺は、なぜ豊胤さまのために？」

と、野依は訊いた。

「頭が切れる。ああいう方を藩主に戴いたほうが、久留米藩のためでもある」

「うむ」

野依も同感である。

豊胤のことは、国許にいた時分からよく知っている。じつに切れる。加えて、知識も豊富でどこに出しても恥ずかしくない。作法も教養もまるでなっていない則維とは大違いだった。

「則維ってのはひどいな」

と、小野寺は言った。

「やくざだからな」

「無頼漢を気取っているんだろう。お坊ちゃんによくあるやつだ」

「いや、違う。あれは、お坊ちゃんなんかじゃない。いまは大名の皮をかぶっているが、根は本物のやくざなんだ」

則維の、ぎらぎら光る目を思い出しながら、野依は言った。

四

万五郎の狙いが明らかになった。

なんと、一丁目屋が南町奉行所に、恐れながらと丑蔵一家を訴え出たのである。

「丑蔵一家の辰親分に、みかじめ料を払えと脅されました。

一丁目屋では、この先、浜松町一丁目から芝金杉通り一丁目、本芝一丁目、芝田町一丁目と出店をつくっていく予定であります。

これらにもみかじめ料を要求されるなど、やくざの分際で、まるでお上であるような態度に思えます。

なにとぞ、やくざの脅しには厳しい制裁をお願いします」と。

一丁目屋は、公事師《くじし》なども頼み、書類をきちんとつくったうえで、辰を訴えたのである。やくざを名乗っていては、とてもこんなことはできない。一丁目屋は隠れ蓑《みの》。万五郎一家の江戸制圧の尖兵の役目を担っているのだ。

南町奉行所も、この訴えを受理しないわけにはいかない。

「糞ぉ、嵌《は》めやがった！」

と、辰は吠えた。

はなから辰を攻めるつもりだったのだ。

審議が始まった。

さっそく次の日に、辰は南町奉行所に呼び出された。

まだ奉行は出て来ない。奉行が出て来るのは、すでに審議も終了したお裁きのときで、このとき刑が言い渡される。

与力や同心の下調べの段階である。

お白洲《しらす》に正座した辰に、

「みかじめ料はいくら要求した？」

と、吟味方与力が訊いた。

「要求などしちゃいませんよ」

辰はとぼけた。

「どうじゃ、一丁目屋。辰は要求などしていないと申しておるぞ」

「いいえ、要求されました」

と答えたのは、芝口一丁目の店の者である。

一丁目屋はほかに、本店の女将や、公事師などもそろっている。

「そっちから言い出したんじゃねえか。あのときのやりとりを聞いてた者は大勢いるはずだよ」

と、辰は横を見て言った。

「言い出したとおっしゃいますが、その前にみかじめ料の話が出ているんです。流れの中で出てきた話ですよ」

「だいたいが、一丁目屋は万五郎一家にもみかじめ料を払っているんだろうが。だったら、先に万五郎一家を訴えるべきだろうが」

辰がそう喚《わめ》くと、

「なにをおっしゃるので、うちはそんなもの払っていませんよ」

「なんだって。そう言ったって聞いてるよ」

「そんな根も葉もない噂を」

と、役人たちを見て、

「どうぞ、手前どもの帳簿をお調べください。万五郎一家になんて、びた一文払ってなどおりません」

「なんてこと」

辰は目を剝いた。そこまで周到に罠をめぐらせていたのだ。

## 五

一回目の訊問《じんもん》があったこの日——。

浜松町二丁目の丑蔵一家に、子分の大物が勢ぞろいしていた。

「まさか、訴えてくるなんてことは、考えもしなかったよ」

奉行所からもどった辰が顔をしかめると、

「明らかに嵌められましたね」

と、どすぐろ権左《ごんざ》が言った。いまは上野黒門町《うえのくろもんちょう》で一家を構えているが、報《しら》せに急いで駆けつけて来たのだ。

「やっぱり、まずいですぜ。この裁きは、悪いほうに転がると、とんでもないことになる。みかじめ料を脅し取った金、つまり盗んだ金とみなされたとしたら……」

槍の芳鉄《よしてつ》がそう言うと、

「十両盗めば首が飛ぶ？」

ふくろう三八が呻《うめ》いた。

「ああ、悪けりゃ首が飛ぶだろうね」

「姐さん」

「よくても江戸所払いあたりか」

それだって丑蔵一家には大打撃である。

辰が品川あたりに引っ込み、芝界隈を子分たちにまかせるとしても、芝の揉めごとや喧嘩に辰は直接関わることができない。

「ま、そのときは、あたしは親分を下りるしかない」

辰がそう言うと、

「ははあ」

と、槍の芳鉄が言った。

「なんだい、芳鉄？」

「これは辰姐さんより、後ろにいる虎之助さんを狙ったんだ。こう言っちゃなんですが、万五郎がいちばん恐れているのは虎之助さんでしょう。その虎之助さんを外すため、辰姐さんを狙ってきたんだ」

「虎之助には、この一件、関わらせないよ。あの子は、堅気の旗本だからね」

大名だということは、三人も知らない。

「ちっと、おれたちもやれることを探してみますので」

ということで、この日は別れた。

夜になって——。

ふくろう三八は、昔のやくざの話を聞いていた。辰が訴えられたという話を聞いたそうで、知恵を貸してくれると言うのである。かつては木挽町《こびきちょう》で一家を構え、この世界の酸いも甘いも嚙みわけた往年の俠客、人呼んで二枚目健次《けんじ》。

まだ、万五郎と丑蔵、常政《つねまさ》、蛸《たこ》屋の鉄吉《てつきち》の棲《す》み分けが固まる前の話だった。

その二枚目健次が、

「こういう手があるんだ。出入りを大っぴらにやればお上が黙っちゃいねえ。そこでおいらは、昔、海老吉《えびきち》ってやくざに決闘を申し込んだのさ」

と、言った。

「決闘？」

「そう。やくざ同士の喧嘩などではない。おれの剣と海老吉の剣ではどっちが強いか、衆目の前で決着をつけようということで、奉行所にも正式に届けたんだ」

「受けたのですかい？」

「奉行所もそこまできちんと提出されたら、やらせておけとなったんだろうな」

「それで？」

「おれが勝ち、海老吉一家は解散したよ。つまらねえことで揉めてたってきりがねえだろう。いっきに万五郎と決着つけるってのは手だと思うぜ」

「なるほど、そういう手もあるんですね」

「だが、万五郎あたりになると、決闘を申し込むのも難しいだろうな」

「いや、手はありますね」

三八はにやりと笑った。

六

ふくろう三八は自ら小舟を漕いで海に出た。

魚屋の万五郎はしばしば自分の舟で海に出たりもする。「魚河岸《うおがし》で魚を落として いるだけじゃ、二流の魚屋だ。一流の魚屋はてめえでも舟を持ち、生きのいいやつを自分で獲《と》ってくるものなのさ」と豪語している。

万五郎の自前の舟〈万五郎丸〉は四艘《そう》あって、いずれも材木河岸に泊めてある。それを見張っていると、朝早く、万五郎が子分三人と、二艘に分かれて乗り込んだ。陸ではいつもそばにいる、相撲取りみたいな男は、舟が苦手なのか、ついて来ていない。

幸いなことに、万五郎は一人で小舟に乗り込んでいる。六十は過ぎているはずだが、さすがに親分と言われるだけあって、いい身体をしている。櫓を操るしぐさも、慣れたものである。

ぐずぐずしてはいられない。江戸湾に出ていく手前、大川の豊海橋《とよみばし》のたもとあたりで、三八は自分の舟を万五郎の舟にぶつけると、わざと水中に転がり落ちた。

「やいやい、てめえ、まともに舟も漕げねえなら、天下の大川をうろうろするんじゃねえ」

三八はずぶ濡れで舟に這い上がりながら、万五郎に向かって吠えた。

「てめえこそ、ろくに漕げねえんだ、この馬鹿」

「なんだと、てめえ、やるか?」

「上等じゃねえか。ん？」

万五郎の顔が変わった。

「なんでえ」

「おめえ、丑蔵一家のふくろう三八じゃねえか」

「それがどうした」

「へえ。これはいいところで会った。決闘しようか？」

なんと、万五郎のほうから言い出してくれた。

六十過ぎた爺いが、まだ四十代のばりばりのやくざに勝てるつもりなのだろうか。

「望むところだ」

「おれが勝ったら、ふくろう三八はおれの子分だ」

と、万五郎は言った。

「縄張りを奪うってことかい？」

「いや、おれはおめえみてえな子分が欲しかったんだ」

「あんたとやって負けたら、おれが死んでるってことじゃねえか。死んだら子分にはなれねえぜ」

「死なねえ程度に怪我させてやるから安心しな」

「じゃあ、おれが勝ったら？」

「勝てっこねえ。なんでも好きにさせてやる」

とんでもなくありがたい条件ではないか。

いまの言葉、あとで知らないとは言わせたくない。

「口先だけじゃ信用ならねえな」

「だったら証文をかわそうじゃねえか。茅場町《かやばちょう》に大番屋《おおばんや》がある。そこでどうだ」

「そりゃあいい」

と、茅場河岸に舟を寄せ、二人で証文を書いた。

万五郎は、「負けたら三八の言いなり」とまで書いたのである。立ち会った大番屋の町役人たちも驚いている。

「決闘の場所は？」

と、三八が訊いた。

「島がいい。佃島《つくだじま》のわきに島があるだろう」

「あそこは旗本の石川なんたらの屋敷があるだろうが」

「その裏手は広い砂洲《さす》になっていて、萱《かや》がぱらぱら繋っているだけだ。そこなら誰も近づけねえし、不正もできねえ。どうだ?」

「おれはどこでもかまわねえよ」

「ふくろうは夜が得意なんだろ。夜にしようか」

「おい、舐めるなよ」

どんどん三八のいいようになっている。

決闘は、明日の暮れ六つ(六時)ということになった。

七

三八の決闘の日——。

虎之助は、辰から関わるのを固く止められていて、屋敷にいても気がかりだろうから、吉原にでも行くことにした。

町太は辰のところに置いて、虎之助一人で舟を拾って吉原に。

おなじみ仲之町《なかのちょう》の揚げ屋〈尾張屋《おわりや》〉に入り、

「まあ来ないとは思うが、二升太夫《にしょうだゆう》に声をかけてみちゃくれねえか?」

と告げた。

あるじは呆れ顔で、

「それより高尾《たかお》太夫が、ぜひにと言ってますよ」

と、言った。

「いや、いいんだ」

「有馬さまも物好きというか、なんというか」

「なかなかの遊び人だろ」

虎之助に皮肉など通じない。

たとえ吉原で笑い者になろうが、平気である。

どうせ吉原の評判などは、くだらない暇なやつが立てるもので、そんなものが悪くなろうがよくなろうが、虎之助はどうでもいい。十年も経てば、花魁から客からほとんどが入れ替わっているようなところである。

もっと言えば、百年経つと、この世はあらゆるものが入れ替わっている。

だから、したいことをするだけである。

といって、虎之助はしつこくはしない。無理無体をするわけでもない。

風はかならず変わる。変わらなければ……それだけのことではないか。

「でも、二升太夫はいま大変みたいですよ」

と、尾張屋のあるじは言った。

「なんかあったのか?」

「このあいだ、紀伊国屋さんと揉めたのはご存じですか?」

「揉めたというより、紀伊国屋が振られただけだろ」

「ええ、その仕返しかもしれません。二升太夫が大きな宴会に呼ばれることはほとんどなくなってまして」

「ほう」

「声がかからない日もあるのだとか」

「可哀《かわい》そうに」

「ま、太夫などと言っても、ちやほやされるのはせいぜい三年。花魁の花の時期は短いですから」

「だったら声かけてみなよ」

「ちょっとお待ちを」

若い衆が、二升太夫の妓楼《ぎろう》に走った。

虎之助は尾張屋の二階で待っている。

仲之町は人の川である。人が欲をみなぎらせ、ちゃぷちゃぷ波を立てながら流れている。その合い間を、きれいに飾り立てた花魁が、屋形船のように行き来する。

やがて――。

二升太夫こと梅香がやって来た。

「お」

虎之助はにんまりした。

だが、尾張屋の前で梅香の足が止まった。禿《かむろ》のおたまとおふくが、どうしたのかというふうに梅香を見ている。

「どうしたい？」

虎之助が上から訊いた。

梅香がこっちを見て、

「揚がろうか、揚がるまいか、迷っています」

と、答えた。

「ま、人間だからな」

「何度も言いますが、やくざと大名は大っ嫌いです」

「気持ちはわかるよ。どっちもつくづくろくなもんじゃねえ」

「まあ」

「それで、どうする？」

虎之助は訊いた。

「揚がれば、裏を返したことになります」

「そうらしいな」

本心では、吉原のしきたりもどうだっていい。だが、梅香は守りたいらしい。というより、守らざるを得ない。

「裏を返しても、あちきにはまだ、有馬さまをお断りすることができます」

「三度目は？」

「三度目はできません。吉原では、三三九度の盃《さかずき》と同じです」

梅香はほんとに迷っている。

だが、虎之助の勘だと、女は迷い始めたらもう落ちる。

迷っている梅香の顔は美しい。

妓楼の明かりが真っ白い顔に映っている。

梅香が口を開きかけたとき、

「虎之助さん！」

町太が駆けて来た。すぐに二階の虎之助を見つけたらしい。

「どうした？」

「三八兄さんが倒れました」

なんということだろう。

虎之助は、梅香を見て言った。

「まったくやくざってのはこれだもんな」

## 八

大門《おおもん》を出ると日本堤《にほんづつみ》を駆け、山谷堀《さんやぼり》で舟を拾い、いっきに大川を下った。

その途中、町太からだいたいの話を聞いた。

町太も丑蔵一家で待機していたので、くわしい成り行きはわからないらしいが、とにかく佃島のわきの砂洲で万五郎が先に来て待っていたらしい。

丑蔵一家もただ手をこまねいて見ていたわけではない。

三艘の舟を用意し、三八の子分が十五人ほど完全に武装して乗り込んだ。これで島を遠巻きにして、成り行きを見守るつもりだった。

当然、万五郎のところでも同じようなことをしていたはずである。

そこへ少し遅れて三八の舟が着いた。

「ところが、三八兄さんは、歩き出してすぐ倒れてしまったらしいんです」

「倒れた？　矢でもうち込まれたのか？」

「いや、そんなんじゃありません。近くには誰もいませんし、矢も鉄砲も考えられないそうです」

「万五郎はどうした？」

「倒れたのを見て駆け寄って来ると、しばらく、どうしたとか、おじけづいたのかとか言っていたそうですが、具合が悪くなったとわかると、助けてやれと叫んだそうです。それで待機してたうちの者が、三八兄さんを助け、いまは丑蔵一家に寝かせています」

「勝負は?」

「待っていたが来なかったことになるから、万五郎の勝ちだと。約束通り、三八は生きたまま、おれの子分だぞと、そう言ってました」

「そりゃあ万五郎の言う通りになるだろうな」

なにせ大番屋に証文を出している。

どうやっても、万五郎の要求は正当なものになるはずである。

ふくろう三八が万五郎の子分になるということは、どうしたって縄張りだって切り崩される。

さらに、辰に一丁目屋の件で裁きが下り、江戸所払いにでもなれば……。

丑蔵一家は大きく万五郎のところに侵略されてしまうだろう。

「皆、呪《のろ》いだと言っています。おしまいに呪われたらどうしようもないと」

「へっ」

虎之助は顔をしかめた。

だが、本当におしまの呪いかもしれない。

虎之助と町太は、浜松町二丁目の丑蔵一家に駆け込んだ。

三八は布団に横になっている。顔色は真っ青で、手足はしびれているという。

「すみません。呪われたんです」

「馬鹿言ってんじゃねえ」

「ほかに思い当たることはなんにもありません。この胸の痣《あざ》を見てください」

三八は胸元を開けた。

赤い筋がいくつも走っている。

「そりゃあ苦しくてかきむしったからだろうよ」

そう言って、虎之助はすぐに動いた。

町太と何人かの若い衆を連れ、決闘の場所まで向かったふくろう三八の足取りを辿《たど》った。

この家から辰に激励され、出発したという。

暮れ六つの鐘が鳴り出したときは、三八はお浜御殿《はまごてん》の沖あたりで舟を漕いでいたらしい。

虎之助たちも、三八が使った舟で沖に出た。

「怪しい舟が近づくようなこともなかったです」

と、若い衆が証言した。

「呪いですよ。おしまの呪い」

丑蔵一家の若い衆のあいだにまで、おしまの呪いは知れ渡っているのだ。

舟で佃島の裏に回り、石川大隅《いしかわおおすみ》の屋敷の裏手へ。

このへんで急に三八のようすがおかしくなった。

「よく思い出すんだぜ。ほんとになにもなかったのか？」

虎之助は若い衆を問い詰めた。

「そう言えば、漁師が夜釣りをしてました。舟で火を焚《た》いて、魚を集めていたみたいです」

「ふうん」

虎之助は佃島に行き、島の飲み屋に顔を出すと、漁師たちに訊いた。

「おれたちは、すぐそこらで火を焚いて漁なんかしませんよ」

漁師たちは口々に言った。

虎之助は町太を見て言った。

「ほらな。贋《にせ》の漁師がいたってことさ」

九

翌日――。

虎之助は六本木《ろっぽんぎ》永坂《ながさか》の有馬家にいる里緒《りお》のところに行った。

「前、あんたに聞いた話を思い出したんだ」

「なんです？」

「唐土《もろこし》から渡って来たらしい毒のある花のことだよ」

里緒が花瓶に活《い》けて、その絵を描いていた。

虎之助が匂いを嗅ごうとしたら、猛毒なのだと教えてくれたのである。

「はい。幻冬寺《げんとうじ》の和尚《おしょう》さんからいただいた花ですね」

「ここには植えてねえよな？」

「はい。誰かがうっかり箸《はし》などにしたら大変ですので」

「煙でも毒だと言ってなかったか？」

「毒だそうです。和尚さんによれば、唐土では暗殺にもずいぶん使われたとか」

その花が、いまどれくらい江戸にあるのか。

「赤かったよな」

「はい。紅に近い赤です」

「いまごろは咲いてるかい」

「夏の花ですから。まさか、お前さま？」

里緒は怯《おび》えて虎之助を見た。

「おれがそんなもので人殺ししたりするわけねえだろ。どうも、それにやられたみたいなやつがいるんだよ。その花を探したいんだが」

幻冬寺は千駄《せんだ》ヶ谷《がや》の田舎にある。

おしまがあんな遠くまで行くわけはないのだ。

「ちょっとお待ちを」

里緒は色紙でその花を再現してくれた。

「こんな花でした」

これがあれば探すのにも大助かりである。

「あんた、凄いよ」

「こんなになにもできないのですから、少しくらい得意なこともあるのでしょうね」

「そうだな」

人はしょせん、でこぼこしているのだ。丸いやつは面白味に欠ける。

おしまの伝説の双子殺し。

おしまをしつこく苛めた双子のワルが、別々のところで急に胸をかきむしり苦しんで死んだ。

それもこの手を使ったのだ。

「あの女……」

虎之助は南八丁堀に向かった。

そこにおしまが生まれ育った家があると聞いたことがある。しかも、いまもよく顔を出していると。

昔は魚屋だった家。そのあとおしまが煮売り屋をしていたらしい。

近所の者に訊くとすぐにわかった。

「ここか……ん？」

表は改築されて乙な隠居家ふうになっている。

鉢植えがずらりと並んで、ちゃんと水やりもされている気配である。

「ここは誰か妾の家になっているのかい？」

教えてくれた婆《ばあ》さんに訊いた。

「おしまさんが、昔が懐かしいからと買い戻して、別宅みたいに使っているんだよ」

「なるほど。じゃあ、鉢植えの世話も？」

「うん。鉢植えはおしまさんのおとっつぁんが好きで、いろんなめずらしい花木を集めていたもんだよ。裏の庭も立派なものだよ」

「ほう」

路地を入り、その裏庭を見た。

懐に入れていた紙の花と、いっぱいに咲き乱れた花を見比べる。里緒は本当に凄い。まったく同じ花だった。

虎之助はすばやく垣根を跨《また》ぎ、その毒木の枝を一本折って、袂《たもと》に入れた。

十

虎之助が三田赤羽橋の屋敷にもどると、すぐあとから境勇右衛門がやって来た。町方同心と大名屋敷の付き合いはめずらしくないので、誰も不審に思ったりはしない。すぐに虎之助がいる奥の部屋に入れた。

「どうしたい？」

と、虎之助は訊いた。

「お辰親分はまた明日、お白洲だろう」

「ああ」

南に訴えて出たのは幸いだった。

裁きの進み具合なども境から教えてもらえる。

「おいらのほうも根回しして、一丁目屋の訴えは退《の》けるようにしてみるよ」

「いや、大丈夫だ」

「手はあるのかい？」

「あるんだ」

「そいつはよかった。ただ、万五郎の野郎はほんとにしたたかだぜ」

「なにかわかったのかい？」

「ああ。これを見てくれ」

万五郎の身内が一目でわかるようにしてあった。

「嘘だろう」

万五郎の子どもは、いま生きているのだけで、前妻に三人、妾に五人、おしまに一人とぜんぶで九人。なんと、そのうち三人が、武士の養子に入っていた。

「まったく、ろくなことはしてねえな」

と虎之助は言ったが、他人のことは言えないはずである。

「でも、虎之助さんほど凄いのはいねえよ」

境はにやにやしながら言った。

「さすがに町奉行所は入れなかったらしいな」

「そりゃそうさ。やくざの子どもが養子に入ったなんてことが知れたら、あの狭い八丁堀にはいられねえ。だが、盲点と言えば盲点だ。この先、気をつけなくちゃならねえな」

「こいつは旗本だ。二百石だが、旗本という看板は遣い手がありそうだ」

虎之助が聞き覚えのあった名前を指差した。

「それより、こいつだよ」

と、境が指差したのは、お船手方《ふなてかた》の同心である。

「お船手方にもぐり込ませたか」

魚屋の万五郎にはずいぶん役立っているかもしれない。

「こいつは無役だ」

「いまのところは役立たずでも、将来はわからねえからな」

「医者もいるよ」

「なるほど」

斬られたときはすぐに飛んで来るのだろう。

「まだ、調べがついてねえのもいる。おいらたちも万五郎にはもうちょっと気をつけるべきかもな」

と、境は呆れたように言った。

十一

翌朝——。

虎之助は、きちんとした武士のなりで日本橋通一丁目にやって来た。

この目抜き通りに〈一丁目屋〉がある。間口は二間（およそ四メートル）とそう大きくはないが、いつも客が順番を待ち、店先に並べたおにぎりはどんどん売れていく。奥では二人の女が、凄い勢いでおにぎりをつくりつづけている。

また、裏道に面したほうには竈《かまど》があり、そこでは五升ほど炊けそうな大きな釜が、いまもぐつぐつ音を立てていた。

その前に女が一人、釜のようすをじっと見ている。

おにぎりは飯のうまさが肝心。そこはぜったい手を抜かないという態度である。やくざなんかと手を切って、ちゃんと商売をやっていけば、さぞや繁盛するだろうが、そういうのに限って脇が甘かったりするのだ。

あの女が、おしまの叔母だろう。なんとなく顔つきも似ている。

虎之助は、道のほうから声をかけた。

「ちと、すまぬがな」

「なんでしょう？」

「ここのおにぎりが素晴らしくうまいと聞いたのだ」

「まあ」

「表で買いたいが、大の男が並んで買うのも恥ずかしいので、裏から売ってもらえぬかと思ってな」

「はいはい。よろしゅうございますとも。いくつお買い上げで？」

「うまそうなのを適当に六つばかり。なんでも、甘いやつもうまいと聞いたので、それは二つほど入れてくれ」

「わかりました」

女が表におにぎりを取りに行った隙に、虎之助は袂から例の毒木を取り出し、竈の火に放り込んだ。

「お武家さま。これ」

「おう、すまなかった」

多めの代金を渡し、ちょっと遠ざかってからようすを窺《うかが》った。

女が吐き気を催したらしく、異変に気づいて表からほかの女が出て来たりした。

死ぬほどの量ではない。だが、騒ぎを起こし、ここからが虎之助の狙いである。

少し経つと、期待通りのことが起きた。

万五郎一家の住まいは、ここから日本橋を渡ってすぐのところである。そこからおしまがやって来た。

おしまが叔母に声をかけ、具合を訊いたりしている。

そのうち、臭いを嗅ぐようなしぐさをしたかと思うと、竈の前にしゃがみ込み、考えごとをしているふうだった。

立ち上がり、周囲を見回している。

虎之助は身を隠しつつ、そっとその表情まで見ている。

毒の煙に気づいたのだ。

それはすなわち、ふくろう三八の決闘を妨げた手口が見破られたことに他ならないのだった。

十二

それから数日後――。

木挽町の裏長屋に住む老いたやくざを、辰が訪ねた。

「ごめんんよ。かつて二枚目の通り名で知られた健次さんだね」

「あ……」

軽く上げた健次の眉は、白髪混じりだが、すっと通っていまもいいかたちである。切れ長の目も健在で、これを横町あたりで左右に向けて歩けば、いまも婆さんたちは次々に腰をよろめかすかもしれない。

「あたしの襲名披露のときは、ご挨拶に来ていただき、ありがとうございました」

「なあに、どうってこたぁねえ」

　そう言った健次の顔がやたらと硬い。

「それから、うちの三八には、たいへんありがたい策まですげていただきまして」

「いや、いいんだ。でも、うまくいかなかったみたいで、おれも心配してたんだ」

「うまくいくわけなんかないでしょう。すべて狂言なんだから」

「狂言？」

「そう。おためごかしの忠告から始まって、この丑蔵一家を切り崩そうって魂胆」

「へっ、なにを言ってるんだよ。辰姐さん」

　そう言いながら、健次は火鉢に手を伸ばし、長い火箸を摑んだ。

「おい、皺だらけの二枚目。おめえみてえな爺いに、あたしがぶちのめされるとでも思ってんのか」

　辰は軽く吠えた。健次の顔が怯えた。おそらく、辰の後ろでどすぐろ権左と、槍の芳鉄が顔を見せたのだろう。

「立てよ、健次」

　辰が畳の上に土足で立って凄んだ。

「辰姐さん、あんたも親分だからわかるだろうが、おれはいま、万五郎の縄張りのうちに住んでるんだ」

「日本橋界隈に住んでいる昔のやくざはおめえだけじゃねえ。いいから、立てっつってんだろうが！」

健次はしぶしぶ立ち上がった。

「立ったぜ」

「着物の前開けてふんどし外せ」

「な、なにをするんだ」

「見たくもねえもの見てやろうってんだ。いいから外せ」

「そうかい。おれは辰さんだったら、奮い立つかもしれねえよ」

「あいにくだな。あたしゃ、つまらねえ美男てえのが、この世でいちばん大っ嫌いなんだ。しかも、それに大昔のがつくんだからな」

健次は着物の前を割り、ふんどしを外した。

「いってえなにする気だ？」

「こうすんだよ」

辰は袂から竹の筒を取り出し、蓋をあけて中身を健次の下腹部にゆっくりかけ始めた。真っ赤な紅を溶いたものだった。

「いちばん落ちにくい紅だそうだ。これで湯屋に行って、皆に笑ってもらえ」

「ううう……」

「おい、健次、殺されねえだけ、ありがたく思え。今日もな、虎之助が行くというのを止めたんだ」

「す、水天宮の虎が……」

「だが、次はかならずぶっ殺すからな！」

辰は、健次の顔を近づけ、その頬をあざ笑うようにぺろりと舐めた。


同じころ――。

虎之助は南八丁堀にあるおしまのかつての家を見ている。

おしまが一人でやって来て、庭の手入れをしていた。もう一刻（およそ二時間）ほどつづいていた。
五、六坪の小さな庭である。ここにいったい何種類あるのか、さまざまな樹木が植えられ、あるいは鉢植えにして並べられている。

おしまはその一つずつに丁寧に水をやり、葉を撫で、じいっと花を見つめたりしている。

一人きりの世界に入り込んでいる。だが、楽しさだの、喜びといったものは感じられない。

あれは寂しい女なのだ。それも、とびきりの寂しさ。

あの女と比べたら、虎之助の母の辰などは、だいぶ幸せであるように思えた。

虻《あぶ》が飛んで来た。おしまはそれをじいっと見ていたが、胸元から耳かきくらいの細い棒を出した。しかも、その両端を持って、引き抜くようにすると、中から細い五寸釘ほどの長さの針が現われたのである。

――なんだ、あれは？

虎之助は目を瞠り、おしまがすることを見つめた。

虻が黄色い花の周りを飛んでいる。その虻にすっと針を突き出した。

なんと、針が虻の身体を刺し貫いたのである。

それから、針を強く振り、虻を地面に叩きつけると、上からこするように踏みつけた。虻は身体中を潰され、土と混じり合ったに違いない。

——凄い。

見た目はまるで派手ではない。だが、怖ろしい素早さであり、稽古を重ねた技だというのは、虎之助にはよくわかった。ただ、人を殺すほどの威力はないだろう。

——あの女め……。

一丁目屋は、辰に対する訴えを取り下げてきた。このまま下手に突っ込めば、おしまが危うくなると悟ったのだ。したたかで、先が見えるやり方だった。

やくざより、一枚も二枚も上手だった。鎌倉の万五郎は、あの女を得て、いまの縄張りを盤石なものにし、さらに縄張りを広げようとしている。

——独眼竜を殺したのは失敗だったかもな。

と、虎之助は思った。恐れを知らない独眼竜に、荒っぽいやり方でがんがん攻立てさせていたほうが、丑蔵一家にとっては都合がよかったかもしれない。

ようやく庭の手入れが終わった。

堀沿いの道を歩き出したおしまに、

「よう、おしまさん」

虎之助はすっとそばに寄った。

おしまは大きな虎之助の肩くらいしかない。

「あんたは……」

「おれたちは煙でたぶらかすような喧嘩はしてねえんだ。引っ込んでな」

「なんだって」

「聞こえなかったのか？　引っ込んでなと言ったんだよ」

「あたしに言ったのかい？」

おしまは足を止めた。

「ああ、怪我させせちゃ可哀そうだと思ってさ」

おしまが震え出した。目が吊り上がり、美貌《びぼう》のかけらもないおしまの顔は、凄まじい形相になった。

「呪いの力を舐めるんじゃないよ。虎之助」

「呪い？　へっへっへ」

虎之助は面白そうに笑った。

「お前なんか焼き尽くしてやる」

おしまの身体から凄まじい熱が放射されているようにも見えるが、

「おう、じゃあ、おれはいまから、あの橋を渡って帰って行くよ。この背中をたっぷり呪うがいいぜ」

虎之助は笑いながらそう言うと、ゆっくり歩き出していた。

# 第四話　「吉原で牛は飼えねえぞ」

吉原は、江戸の北のはずれにある。

虎之助の時代より五十年ほど前に、日本橋葺屋町《ふきやちょう》から移ってきたのだが、いまだに四方は田んぼに囲まれている。日に千両が落ちると言われた遊興の地も、塀とどぶを越えれば、のんびりした田園風景が広がるのである。

その吉原で、早朝、

「もぉーっ」

と、牛が鳴いた。

近くの女郎屋にいた客が驚いた。

「おい、いまの声、聞いたか？」

「ああ、聞いた」

「牛だよな？」

「牛だ」

「吉原に牛、いるんだ？」

「外から聞こえてきたんじゃねえのか？」

「いやあ、すぐ近くだったなあ」

「色っぽくないよな」

「おめえ、昨夜は振られたみたいだから、かわりに牛でも可愛がっていけばいいじゃねえか。牛の乳、でかいぞお」

「ふざけるなよ。ちっともてたくらいで、偉そうなことぬかすな」

牛の鳴き声で喧嘩が始まったりする。

それにしても、吉原で牛を飼っているところなどないはずである。

吉原というところは、娑婆《しゃば》よりもずっと清潔を心がけるところである。なにせ夢を売るところなのだ。そこであんな糞を垂れ流して歩く生きものなど飼った日には、周囲からいっせいに猛抗議を受けるに決まっている。

この噂はすぐ、吉原総名主である三浦屋《みうらや》四郎左衛門《しろうざえもん》にも伝えられた。

三浦屋は苦笑して言った。

「そりゃあ、やはり風の加減で裏の田んぼから聞こえてきたのだろうな」

だが、牛にまつわる騒ぎはそれだけで済まなかった。

その次の晩には――。

夜中に凄い音がした。

「おい、誰か塀を破って、逃げたんじゃないか」

若い衆たちが、方々から飛び出して来た。

破られたのは、吉原の周囲を囲む高い塀ではなかった。もっとも、この塀は頑丈につくられていて、そうそう破ることはできない。しかも、すぐ向こうが堀だから、そこに落ちて、水の音がするはずである。

「ここだ……」

吉原の中にはいくつもの通りがあり、その出入り口には江戸の町同様に木戸がつくられている。その木戸の薄い塀が破られていた。

大きさから察するに、なにか大きなものが体当たりして、ぶち破ったとしか思えない。

「おい、この足跡を見なよ」

「やっぱり、この中に牛がいるんだ」

「誰か飼っていやがるんだ」

「だが、なんのために牛なんか飼うんだよ」

若い衆たちはしきりに首をかしげた。

この奇妙なできごとが、吉原中で話題になっていたころである――。

一

三田赤羽橋の久留米藩邸――。

このあいだ、虎之助が国許に送れと伝えておいた久留米藩の名産と言える品々が次々に運び込まれていた。

ろうそく、紙、なたね油、薬のほか、鍋や釜、魚の干物といった、とくに久留米らしさを感じさせないものが多い。そのなかに、季節外れのみかんがいくつか入っていたのは意外だった。

「お、うまそうだな」

と、虎之助がいきなり食べようとすると、

「殿。お待ちを」

用人の田村が慌てて止めた。急いで毒見役を呼んで来て、試し食いをさせる。

「そうか、国許からだからな」

と、言いながら虎之助は野依を見た。

野依の表情は変わらない。

みかん一つをゆっくり食べ終えた毒見役に、

「どうだ？」

と、田村が訊いた。

「いくらか酸っぱいですが、毒のようなものはありません」

「殿。大丈夫です」

「ああ。それにしても、いまどきみかんが生《な》るんだな」

一つをたちまち食べ終えて、虎之助は言った。

「数は多くありませんが、みかん山を見て回ると、早々と生るものが見つかります」

と、国許から来て、だいぶ経つという家来が言った。

「ふうむ。みかんねえ……」

虎之助はなにか考えていたが、

「よし。これを二万両にするか」

と、言った。

「早生りのみかんを二万両で売るんですか？」

田村は驚いて訊いた。

「いくらなんでも、そんな値で買う馬鹿はいねえだろう」

「では、どうやれば二万両などに？」

「ま、いいから、おれの言うとおりに、紙に書いてみてくれ」

田村は虎之助から言われるままに、算盤を弾いたり、計算をしたりして、一枚の書類をつくり上げたのだった。

それから数日後——。

紀伊国屋を見張っていた虎之助の子分が、

「吉原に入ります」

と、報せて来た。紀伊国屋が舟を山谷堀につけたところで引き返して来たという。

「よし」

虎之助は立ち上がると、田村を呼び、

「おい、田村、お前の大好きなところに行くぜ」

「と、おっしゃいますと？」

「ずっと北のほうだよ」

田村の肩をぱんと叩いた。

「北と言いますと、まさか吉原？」

「とぼけるなよ」

「いやいや、わたしは大好きとかそういうのではなく」

「わかってるよ。商いで行くのだから」

「商いですか。そういうことなら」

と、田村は嬉しそうにした。

虎之助に田村、護衛として町太とあと二人ほど若い家来を連れ、舟で吉原に向かった。

空が遥々と高い。

東のほうにはうろこ雲がたなびいている。

虎之助は舟の先頭で景色を眺めた。

風もだいぶ秋めいてきている。

川風が冷たく感じられるほどである。

上げ潮に乗って大川を遡れば、浅草まではそうはかからない。

山谷堀で舟を降り、日本堤を大門へ。

まずは、なじみになった仲之町《なかのちょう》の揚屋〈尾張屋〉へ入った。

「これはこれは田村さまもごいっしょで」

田村がいっしょだと、突飛な頼みを言い出したりしないと安心するのか、あるじの清十郎《せいじゅうろう》はやたらと嬉しそうである。

「紀伊国屋は来てるかい?」

「今日は嵯峨屋さんにお入りになったようですよ」

紀伊国屋は吉原にとって、いまや賓客《ひんきゃく》である。大門をくぐれば、その動向はたちまち方々に伝えられる。

「嵯峨屋か。では、ちょっと顔を見て来るか」

「有馬さま。紀伊国屋さんになにか？」

あるじが心配げに訊いた。

「おう、おれが紀伊国屋に失礼なことでもしないかと心配なのか？」

「いやいや、そんな」

尾張屋のあるじは慌てて首を横に振った。だが、紀伊国屋を嫌な気分にさせ、吉原から遠ざかるのが心配なのは間違いないのだ。

「おれと紀伊国屋は友だちだぜ」

と、虎之助は言った。

「そうなので？」

「向こうはどう思ってるかは知らないけどな」

「ははあ」

まるで信じていない。

「田村、お前も来てくれ」

虎之助は田村を連れて、尾張屋から二軒ほど先にある嵯峨屋に入ると、紀伊国屋を呼び出してもらった。

「これはこれは、有馬さま」

そつのない態度だが、決して嬉しそうではない。

「紀伊国屋が来てると聞いたんでな。家老ともども挨拶に伺ったのだ」

「恐れ入ります」

立ち話もなんなので、虎之助たちは、玄関のすぐわきにある小部屋に入った。

「じつは、紀伊国屋に会いたいと思っていた」

「あたしに？」

と、紀伊国屋は警戒するような顔になった。

「ちと商売を思いついてな」

「商売？」

「めずらしいものが国許から送られて来た。これだ」

と、懐からみかんを出した。

「ほう。久留米ではいまどき、みかんが生りますか？」

「いっぱい生るわけではない。季節外れだから山に一つ二つだ。それに、あんまり甘くはない」

半分に割り、自分も食べながら紀伊国屋にも勧めた。

「確かに冬のみかんほど甘くはないですな」

「だろう」

「まさか、めずらしいから、これを江戸で高く売ろうとお思いで？」

「そんな単純な商売は子どもでも思いつくだろう」

「まあ、そうですが」

「秋の終わりに生ったみかんを多少早めに江戸に持って来る。久留米のほうが、伊予や紀州よりいくらか早く生るらしいのでな」

「ははあ、久留米がいちばん南国にあるからでしょうな」

「うむ。それと、わしは藩主の行いのせいもあると思ってるのだがな」

「…………」

紀州は御三家である。虎之助の大口にはうかうかとうなずけない。

「しかも、このみかんを江戸の屋台で一個ずつ売るのだ」

と、虎之助は自慢げに言った。

「一個ずつですか。細かい商売ですな」

紀伊国屋がかすかに笑った。明らかに馬鹿にしている。

「一個十六文でな」

「それは高いでしょう。かけそば一杯の値ですぞ」

みかんはふつうその半分。いちばん出回るころはもっと安くなる。

「そこは工夫がある。うちの女中たちを売り子にして、皮を剝いて食べさせてやるというおまけがつくのだ」

「食べさせる？」

「そう。こうやって、あーんてな」

虎之助は紀伊国屋の口の前に差し出した。

紀伊国屋はつい、釣られて食べてしまう。

「なるほど。これで十六文ですか」

「それで、剝いてやるから皮は当然、手元に残るな。これは乾かして陳皮《ちんぴ》という生薬にして、七味用とか、風呂に入れられるようにして薬種《やくしゅ》問屋に卸す」

「はあ」

「しかも、うちの女中を使うから、売り子に金はかからぬ」

「ほう」

紀伊国屋の顔がだんだん本気になってきた。

虎之助のわきには、いかにも真面目そのもの、石に鉄で目鼻をつけたような田村が座っていて、虎之助の話にいちいち判子を押すようにうなずいてくれる。

「みかんは藩がまとめて買い上げるが、年貢ではないから百姓も儲かる。これを藩の船で大量に江戸へ運ぶ。一個あたり、かなり安くなる」

虎之助の説明を聞いて、

「有馬さま。ほんとにお大名でいらっしゃいますよね？」

と、紀伊国屋は訊いた。

「まあな」

紀伊国屋には、やくざだとは言えない。このあいだ三万両を借りたときの芝居がばれかねない。

「それでだ。この田村にあらましを計算させた。これがその見積もりだ」

田村が紀伊国屋に、例の書きつけを見せた。

「なるほど」

「この商売をまあ、久留米藩がやっても構わない」

「はい」

「ただし、なにかと噂されるだろう」

「でしょうな」

「だが、これを紀伊国屋がやったら、さらに二文、値を上乗せできるだろう。なにせみかん船伝説はいまだに江戸中で有名だ。その紀伊国屋がふたたびみかんを売るのだから、話題は話題を呼ぶだろうし」

「手前どもが？」

「ああ。昔取った杵柄で」

これは、その裏事情を知っている虎之助の皮肉である。

「ううっ」

「どうじゃ？」

「確かに面白いとは存じます」

「面白い？」

「いや、儲けもはっきり見えます。こんな商いは、むしろ商人が考えなければならないと思います」

「だろう？　だから、やってみてはどうじゃ」

と、虎之助は手のひらでなにかを持ち上げるような仕草をしながら言った。

「手前どもがやってよろしいのですか？」

「もちろんだ。それで、そなたに会いたかったのだ」

「だが、有馬さまには当然見返りがいるのですよね」

「まあな。それで向こう二十年、紀伊国屋にみかんを卸すという約束で、みかん山を押さえる資金二万両を借りようと思ってな」

虎之助がそう言うと、わきで田村が息を飲み、紀伊国屋は、

「に、二万両！」

目を瞠った。

ついひと月ほど前、三万両を借りたばかりである。

「嫌ならいい。当藩でやるから。だが、決して悪い話ではないと思うぞ」

「ちょっと考えさせていただけますか？」

と、紀伊国屋は言った。

「ああ、いいよ」

「さっそく手代に計算させますので」

二

「いやあ、驚きました」

尾張屋に帰る途中で、田村が言った。

「そんなに驚いたか？」

「まさか、ああしたことで二万両を持ち出すとは」

「だが、一、二年くらいは、ほんとにみかんを運んで来なければならねえぜ。もっとも、その費用は紀伊国屋からもらうんだが」

「いや、それは大丈夫です」

「あの調子だと紀伊国屋はやるぜ」

気持ちが動いたのは、虎之助も実感した。

「ええ。わたしもそう思いました。すると、この件についてさっそく国許に文を書いたり、手配したりしなければなりません。殿。わたしは吉原で遊んでいる暇はありません。お先に帰らせていただきます」

「なんだよ、一晩くらい楽しんでいけばいいじゃねえか」

「いいえ、殿がこれほどまで知恵をしぼってくださって、藩の借金を返そうとしていただいているのに、わたしが遊んでいる場合ではありません」

「ま、おれも必死だからな」

と言ったが、嘘である。

虎之助はとくに知恵をしぼらなくても、こういうことならいくらでも思いつく。なまじ知識を入れないから、たぶん血の巡りがいいのではないか。

田村が大門に向かうのを見ていると、後ろのほうで騒ぎ声がした。

「牛の糞が落ちてるぞ」

「やっぱり、ここらにいるんだ」

吉原の若い衆が何人も集まって騒いでいた。

虎之助もつい、なにごとかと近づいてみた。

「おい、あそこに誰か倒れているぞ！」

路地の奥に若い男が倒れていたのを、若い衆が抱き起こし、

「どうした？」

「う、牛に突き飛ばされた」

腹のあたりを押さえている。

「牛、ここらにいるのか？」

「いる」

若い衆は、どうしたらいいかわからず、頭を抱えた。

虎之助はしばらく見物していたが、牛の姿は見えない。

吉原で牛が暴れたりすると面白い。そのときは虎之助が出て行って、牛を力づくで押さえつけてやるつもりである。この前は犬のうしと格闘したので、四つ足と戦うコツは摑んだ気がする。

だが、若い衆たちが探してもいないようなので、尾張屋にもどることにした。

そのとき、

嵯峨屋に入って行く男の横顔が見えた。どことなくこそこそした態度である。

——ん？

なんと、柳沢吉保の用人である荻生徂徠《おぎゅうそらい》ではないか。

——荻生徂徠と紀伊国屋がこんなとこで？

柳沢吉保にはないしょのはずである。しかも、吉原は柳沢吉保がぜったい近づかない場所である。たぶん柳沢は綱吉に貞操を誓っているのだ。

これぞ、まさに密会。

いったいどういう相談なのか。

どうやって探ろうかと、嵯峨屋の前で思案していると、向こうからやって来たのはなんと、高尾太夫ではないか。禿を二人と若い衆を二人引き連れている。

「これは、有馬さま」

「よう」

間近で見れば見るほど、高尾太夫は綺麗である。細面に切れ長の目。景色のように見とれてしまう。

と謳われるだけのことはある。

二升太夫も綺麗だが、あの美貌には親しみやすさがある。愛嬌がある。

高尾太夫のほうは、綺麗過ぎて、愛嬌というものは感じられない。あまりに整った顔立ちには、むしろ神々しささえ感じてしまう。

「有馬さま。こんなところでなにを？」

「高尾さんよ、もしかして、紀伊国屋の席かい？」

「はい。お客さまを接待するので、簡単な宴会をしたいと」

「なるほど」

密談の前に、高尾太夫を会わせて、荻生を機嫌よくさせようというのだろう。やくざの餌と似たような手口である。

「どうかなさいました？」

「うん。あんたは信じられない話だろうが、じつは紀伊国屋ともう一人、荻生徂徠ってえのはとんでもねえ悪党で、もしかしたら江戸を焼き打ちしようと思っているらしいのさ」

と、虎之助はなかば冗談めいた口調で言った。

「まあ」

と、高尾太夫は目を瞠ったが、これも冗談ぽい。

「それで、おれは江戸を守るため、二人の話を盗み聞きできねえもんかと思ってさ。だが、信じてもらえねえよな」

「もちろん信じますとも」

と、高尾太夫は笑顔でうなずいた。

高尾太夫は洒落がわかる。おそらく頭の切れも素晴らしくいいのだろう。

「だったら、助けてくれるかい？」

「はい。では、こういたしましょう。あちきはお二人のお座敷にちょいと顔を出し、急用ができたのですこしだけ席を外しますと、そう言っていなくなります。それで、隣の布団部屋のほうに隠れます」

「布団部屋なんかあるのかい？」

「はい。あちきは禿のころから嵯峨屋さんではかくれんぼをして遊んでましたので、どこがどうなっているか、すべてわかります」

「ほう」

「そこは、さらに裏のほうからも入り込めますので、有馬さまもいっしょに盗み聞きなされればよろしいではありませんか」

「いいのかい？」

「はい。ご案内いたしますよ」

なんと、高尾太夫が盗み聞きの段取りをつけてくれた。

三

「こっち、こっち。有馬さま」

高尾太夫に手を引かれ、裏の階段から上がって、薄暗い小部屋に入った。

「おう、こりゃあ面白《おもしれ》えや」

「なんだか泥棒みたいね」

高尾太夫、猫がくしゃみをするような顔で笑った。

高尾太夫と言ったら、吉原の花魁の最高峰、足元にも寄れないと、臆する者さえいる。だが、こうして接すると、心根は決して気取ってなどいない。

いい女なのである。

高尾太夫はいったんいなくなったが、すぐにもどって来て、二人並んで耳を澄ました。いつも太夫に付いて来る禿たちは、ほかの部屋で休息させているらしい。

すでに話は始まっていた。

紀伊国屋たちがいる部屋とは壁で隔てられているが、床の間の下に風通しのような隙間があり、そこからよく聞こえている。

虎之助が、静かにしようと人差し指を唇にあてると、高尾太夫も茶目っけのある表情で、同じ仕草をした。

「荻生さまは、わが国だけで名を知られるのは勿体ないと、ずっと思っておりました」

と、紀伊国屋が言った。

「むろん、わたしも野心はある。自分が書いた著作を漢訳し、唐土で読んでもらいたいというのは、昔から望みだった」

「そうでございましょう。いや、荻生さまの著作は、そうなってもなんの不思議はありません。この紀伊国屋に、ぜひご協力させていただきたいものです」

このやりとりに虎之助はぴんと来た。

なるほど荻生が欲しいのは、いま以上の名声なのである。どうせ荻生の書いた本など、説教の垂れ流しみたいなものだろう。それを、言葉も暮らしも違う国の人間にも読ませたいとは、いかにも学者らしい、下卑た欲望だった。

「ぜひ。むろんわたしも、そなたが柳沢さまに頼んでいることでは、できるだけそうしたほうに話が進むよう、協力する」

今度は柳沢が言った。

「ありがとうございます」

紀伊国屋の望みといえば、むろん天守閣の再建だろう。荻生のあるじである柳沢吉保はこれに反対の立場を取っている。神田橋御門前にあれだけの屋敷をいただいたいま、もはや紀伊国屋あたりの儲け仕事に関わる意味もないのだ。

「やはり天守閣は特別か？」

と、荻生徂徠が訊いた。

「それはそうですよ。もし、わたしが天守閣再建の工事を引き受けさせていただいたら、金だけではありません。材木商として頂点に立つことになるのです」

「なるほど」

金の次は名誉ときた。欲の深さにはきりがない。そのうち、てめえの家も五階建てにして、妾を二、三十人置きたいなどと思うのだろう。

まったく、こいつらを見ていると、やくざのほうがまだ欲が少ないような気がしてくる。虎之助の欲はなにかというと――。

喧嘩に勝つ。

とりあえず、それくらいしか思いつかない。

「だが、上さまはなぜ、天守閣を再建なさろうとしないのでしょう?」

と、紀伊国屋が訊いた。

「うむ。いろいろ説は囁かれているが、じっさいのところは、つまらぬことが理由らしいぞ」

「と、おっしゃいますと?」

「上さまは昔から工事というものがお嫌いらしい。うるさいし、あたりは埃《ほこり》っぽくなる。人夫など汗臭いのがうろうろされたりすると、頭が痛くなるらしい」

「ははあ」

「天守閣は大奥のすぐわきだろう。あそこで工事が始まれば、一年や二年はずうっと物音や埃に悩まされることになる。それで、わしの代では、やらなくていいとおっしゃっているのだ」

この話には、虎之助も「なるほど」とうなずいた。

いかにも綱吉らしい。綺麗好きで、細かいことをやたらと気にする。そういえば、座るとき、座布団がきちんとまっすぐになっていないか、自分で直したりしていた。

柳沢吉保あたりも、そういうところがある。あの、骨董《こっとう》だらけの部屋は、荷物が多いわりに、しっかり整頓されていた。

まったく、あんなに脂っこい顔をした爺い二人が、工事が嫌いもないものだと、虎之助は思う。

「ところで、いま、そこで有馬さまとお会いしまして」

と、紀伊国屋が言った。

「久留米藩の有馬則維か？」

荻生がそう言うと、虎之助は小声で、

「ばあか。さまぐらいつけろよ」

と、言った。

高尾太夫が「ぷっ」と、噴いた。

「はい。変わったお方ですからな」

「変わっているどころではない。あれは突拍子もない馬鹿だ」

荻生徂徠がそう言うと、高尾太夫は、

「まあ」

と、声には出さず、口の動きだけで言った。

虎之助のために怒っているというより、面白がっている。

「そうですな」

「わたしもあいつには何度か頭を抱えた。ただ、あの男は、柳沢さまや上さまの覚えがよくてな」

「さようですか。あんな粗暴な男の、どこがお気に召したのでしょう」

「あれは、意外に口が達者で、歯の浮くようなこともぬけぬけと言うのだ」

「なるほど」

「しかも、あれは美男だろう」

「ははあ」

紀伊国屋が大きくうなずいた気配である。

「わたしも有馬のやつは、なんとか窘《たしな》めてやりたいのだがな」

荻生徂徠は悔しそうに言った。

「荻生さま。あの男はいま、ここにおりますぞ」

「有馬が吉原にいても、なんの不思議はあるまい。お城で用のないとき以外は、毎日来ているのではないか」

「さきほど会いましてね」

「うむ、そなたとはすでに顔見知りだろうよ」

「はい。それで有馬さまは、なにやら久留米のみかんを使って商いをしようとしているようなのです」

「商いを？　大名自らが？」

「ええ。それでこれが有馬さまの考えた見積もりだそうです」

と、紀伊国屋はさっきの紙を荻生徂徠に見せた。

「なになに、ほう、これは……売り子の女は、自分のところの女中を出してくれるというのか……これに紀伊国屋の名を？……これは面白いぞ」

虎之助のいないところで言っているのだからお世辞ではない。

「ええ、わたしもそう思いました」

「それで、そなたのところでこの商売をやれというのか？」

「久留米みかんを独占してわたしのところに卸すからと」

「これは、おそらく儲かるぞ」

「わたしもそう思います。材木のように莫大な利幅は得られませんが、食いものは手堅いです」

「だが、それではそなたが儲かるだけではないか。あの有馬が、そんな人のいいことをするかな」

「代わりに二万両を貸して欲しいと。当然、利子はいただきますが」

「ふうむ。あいつが考えたのか？」

「はい。有馬さまは儲けることに関しては、よく頭が回るようで」

「そうなのだ」

「あとでお返事いたしますと答えておきましたが」

「紀伊国屋。この話は乗れ」

と、荻生が言った。

「ええ。わたしもそのつもりではおりました」

「それで、この先、有馬をうまく利用しよう」

「有馬さまを？」

「二十一万石の、しかも恐れ知らずの馬鹿だぞ。うまく利用したら、あれほど役に立つ男もあるまい」

「鋏《はさみ》といっしょで、使いようですか？」

「そういうことだ」

二人はしばらく、げすげすと笑いつづけた。

もっとも、虎之助のほうも、笑っている。こんな面白い話はない。あいつらが、おれを利用するときた。飛んで火に入るのは、あいつらのほうだ。

しかも、虎之助は笑い転げながら、いっしょに笑っていた高尾太夫をふいに抱きすくめると、すばやく唇を合わせた。虎之助、こういう機会は逃さない。笑っている女は、唇が無防備になっている。

「ん！」

高尾太夫は驚いたが、顔はそむけない。

熱く、長い口吸いである。

やがて――。

うっとりして蕩《とろ》けそうになった高尾太夫が、虎之助に熱い息とともに言った。

「早く、正式にお座敷へ呼んでくんなまし」

四

尾張屋にもどると、虎之助はあるじに二升太夫を呼んでくれと言った。

「二升太夫をですか」

あるじは含みのある物言いである。

「このところ、座敷がかからないのではないのか？」

「ところが、さすがに二升太夫ですな。紀伊国屋さんが冷たくしてると聞いた奈良《なら》屋《や》さんが同情なさいまして」

「奈良屋が？」

紀伊国屋とは同じ材木屋同士で、ともに吉原の豪遊で知られる。宿敵同士と言える仲である。

「するとすぐにお座敷がいっぱいになりました」

「ふうん」

「ですから、このあいだとはいささか事情が」

「ま、いいから、駄目なら駄目でいいんだから」

虎之助は尻を叩くようにして、あるじに二升太夫を呼びに行かせた。

ほどなくあるじがもどって来て、

「驚きましたな」

「なんだよ」

「二升太夫が裏を返してくれるそうです」

「そう驚くほどでもないだろう」

「わたしはてっきり有馬さまは振られたものと思っておりました」

「だからおれは、一回や二回振られても、気にしないと言っただろうが」

「はあ。太夫も押しには弱いのでしょうか」

「そんなこともないだろうがな」

「そうですよ。まだ、わかりませんし」

なんだか虎之助に振られて欲しいみたいな言い方である。

「三度目があるかどうかだな」

虎之助も、これで落としたとは思っていない。

梅香がいつもの禿たちを連れてやって来た。

高尾太夫とあんなことをしてしまったあとで、いささか気まずいが、あれは飯を食べる前にお茶を飲んでしまったようなものである。

「この前は、大変そうでしたね？」

と、梅香が訊いた。

ふくろう三八が倒れたと聞いて、虎之助は駆けつけたのである。

梅香がほんとうに心配してくれたみたいなので、

「なあに、どうってこたぁねえ。おかげさまで無事だったよ」

と、頭を下げた。

「有馬さまの周りは、いつも大変なことが起きているのでしょうね」

「なにせ周囲は敵だらけでさ」

数えるのも嫌になるくらいである。

まず、身内に敵がうじゃうじゃいる。国許は敵だらけである。

大名になるのに力を借りた柳沢吉保も、その背後にいる徳川綱吉も、久留米藩二十一万石にとっては敵みたいなものである。

また、大名衆も、加賀の前田《まえだ》綱紀《つなのり》、米沢の上杉吉憲を敵に回した。

さらに、やくざの虎之助には、築地から浅草までを縄張りに持つ鎌倉の万五郎、紀伊国屋とくっついている深川の蛸屋の鉄吉あたりが強敵である。加えて、これからさらに縄張りを広げようと思ったら、思わぬ伏兵が現われないとも限らない。

我ながら、うんざりするくらい敵だらけである。

「まあ」

「だが、そんなことは、どうってことねえと思えば、なんとかなるものなのさ」

じっさい、そうなのである。

なんとかならないときは、あの世に行かされるだけのことで、しょせん武士だのやくざなどというのは、その程度のものに過ぎないのだ。

「でも、吉原も始終騒ぎが起きていますよ」

と、梅香は言った。

「そうみたいだ。いまも、牛がいるって騒いでいるぜ」

嵯峨屋からここにもどって来るときも、若い衆が縄を持って、角町の奥のほうへ駆けて行くところだった。

「牛が?」

「誰かが持ち込んだらしい」

「それは悪戯《いたずら》でしょう。ほんとの牛じゃありませんよ」

「へえ。断言できるかい?」

「はい。大門を牛がくぐって来られるわけがありません」

梅香は断言した。

たしかに、大門の見張りは厳しい。奉行所からも同心たちが来ているし、総名主のところの若い衆も、人や物の出入りには厳しい目を走らせている。

「梅香は賢いが、けっこうカタブツでいけねえな」

と、虎之助は言った。

「どこがカタブツです？」

「できっこないと思うことが、意外な工夫でできたりするものなんだ」

「おや」

「たとえば、おれが二升太夫を落籍《らくせき》しちまうかもしれない」

「それは……」

「できっこねえと言いたいんだろう？」

「大名の金であちきを落籍なさるというんですか？」

梅香は虎之助を睨んだ。

「大名は大っ嫌いなんだろ？」

「はい」

「だいたい、おれは大名の皮かぶったやくざだからな」

「やくざじゃ、なおさら吉原の太夫を落籍させることなんかできませんよね」

「できねえかい？」

「できるもんですか。まさか腕ずくで？　無理ですよ。郭内《くるわ》には町方もいれば、やくざとだって喧嘩する若い衆が山ほどおりますよ。いくら有馬さまが強くたって、若い衆何十人もの相手はできませんでしょう」

「ああ。そりゃあおれだって無理だ」

「では、どうします？」

「どうしようかねえ」

虎之助は思案した。

こういうとき、虎之助の頭は目まぐるしく回転している。自分でも、なにを思いつくかわからない。

このときも、意外な考えが閃いた。

「なるほど。そういうことか！」

虎之助は突然、大声を上げ、ぽんと膝を打った。

「どうなすったんですか？」

梅香は呆気に取られた。

「いや。あんた、吉原に牛はいるわけないと言ったよな。その吉原の牛の正体が、わかったのさ」

「正体？」

「今宵は月のない夜か」

「新月ですね。それがなにか？」

「今宵、吉原を奇妙な牛が走るぜ」

虎之助は、愉快そうに言った。

## 五

そのころ——。

新堀川の上流に、小野寺十内と野依新左衛門がいた。

「今日は則維がおらぬな？」

と、小野寺が訊いた。

新堀川の支流のほとりである。小野寺のほうは、釣り糸を垂らしている。

「ああ、急に出かけた」

「おぬし、護衛につかぬのか？」

「今日はほかの者がついた」

「いつも野依がつくのではないのか？」

「いや、違う」

「やはり警戒されているのだろう」

「そんなことはない。だいたい、いつも適当なのだ」

「ふうむ。そろそろ決行したいところだがな」

「ああ」

「護衛は一人だけではないよな？」

「それもいろいろだ。一人のときもあれば、二人のときも。まったく護衛をつけず、一人で出てしまうことだってある」

「度胸がいいのか、馬鹿なのか」

「そりゃあ後者だろう」

　と、二人は笑った。

「おぬしがついているときがいい」

「ああ。こっちも何人か出すか?」

と、野依が訊いた。

始末されるのではと心配していた国許派だが、あいかわらず火の用心はさせられていても、誰も欠けていない。そのかわり、虎之助に対する敵意のほうも、昔、足を怪我させられたという若山以外は、ずいぶん薄れてきているようだった。

「いらぬ。腕の悪いのがいると、かえって邪魔だ」

「たしかに」

「よく火消しの若い衆を連れているな?」

「ああ、町太といって、昔からの子分だ」

「剣は?」

「剣などできるわけがない。喧嘩は強いかもしれぬが、しょせんやくざだ」

「ほかに気をつけることは?」

「このところ、近くに行くときは、あの化け物みたいな犬を連れているが」

「畜生など前足の一本も叩き斬れば終わりだ」

「そういうことだな」

「ちと、稽古しておくか」

小野寺はそう言って釣竿を置き、立ち上がった。

「そこに則維がいるとする。おぬしは？」

「わしは、則維の左後ろにすこし離れて立つだろうな」

「うむ。町太は？」

「だいたい則維の右前にいるな」

「わしが前に立ちはだかる。すると、おぬしが後ろから斬りつけるのがいちばんかんたんか？」

「そうだな。だが、則維というのはどんな動きをするか読めないところがある。いっきにおぬしのほうへ突進することも考えられるぞ」

「そりゃ面白い。そのときはわしも前に出て……」

と、小野寺は数歩飛び出して抜刀した。

「うおっ」

野依は思わずのけぞった。

凄まじい斬り込みだった。たとえ受けても、刀ごとはじき飛ばされるのではないか。

しかも、狙いは的確である。その証拠に、野依の羽織の紐《ひも》だけが斬られていた。

これなら、則維がどんな動きをしようが、ぴたりとついていけるはずだった。

六

同じころ——。

丑蔵一家の親分の辰は、芝田町三丁目の家で寝ているふくろう三八を見舞っていた。

あれからひと月ほど経つが、三八はすっかり気弱になってしまった。

体調のほうもよくないという。あの日から数日後には、いったん元気になり、辰のところからこの家にもどって来たのだが、また調子を崩した。

いまは、二階でほとんど布団に寝たきりになっているらしい。

辰が三八の家に顔を出すと、

「あ、親分さん。わざわざありがとうございます」

と、三八の若い女房が頭を下げた。

元は大店の娘で、二十も歳の離れた、しかもやくざといっしょになるというので、大騒ぎになったものである。

まだ生きていた丑蔵も娘の親に頼まれ、別れさせようとしたのだが、なにせ娘のほうが「別れるなら死ぬ」などと言い出した。すると、親のほうも「やくざといっしょになるくらいなら死んでくれたほうがいい」と言い捨て、丑蔵はそれを聞いて、「親が、娘に死んでくれたほうがいいとはなにごとだ」と怒り出し、訳がわからなくなった。

結局、別れさせることはできず、女房の実家とは絶縁状態にある。

「なんだか、また寝ちゃったんだって？」

と、辰は訊いた。

「ええ。まだおしまに呪われているみたいだとか言ってるんです」

「あれは、呪いなんかじゃなく、煙のせいだったって言ったはずだがね」

「それはあたしも言ってるんですが、ときどき、きゅーっと胸が痛くなるんだそうです」

「胸が？」

「それで、胸の真ん中に、赤い痣ができているって」

「どれ、会わせておくれ」

「はい、二階にどうぞ」

辰は女房に案内されて二階へ上がった。

三八の家は裏がすぐ海である。高潮のときは危ないが、ふだんは素晴らしく景色がいい。煙を上げるような舟が近づけばすぐにわかるし、下の階には若い者が常時何人もいる。

もはや、おしまもどうすることもできないはずである。

「三八、どうしたい？　しっかりおしよ」

辰が枕元で声をかけると、三八はうっすらと目を開けた。

「姐さん。すみませんね、わざわざ」

声に力がないし、顔色も悪い。

「なに、情けない声出してるんだい」

「いやあ、あっしはどうも、おしまにまだ呪われている気がするんですよ」

「呪いがなんだい。そんなものが通じるくらいなら、やくざなんかとっくにこの世から消えてるよ」

「ですが、おしまの呪いだけは特別なんですよ」

「馬鹿言ってんじゃないよ」

「だって、姐さん、この胸のところを見てください」

と、三八は自分で着物の胸を開いた。

本当に胸の真ん中が赤黒くなっている。

辰の背中に冷たいものが走ったが、

「掻いたんだろ、寝てるうちに」

と、せせら笑うように言った。

「寝てると、あのおしまの不細工なつらが目に浮かぶんです。おしまは金槌《かなづち》を振り上げ、あっしに向かって五寸釘を打ちつけてくるんです。それが見えるんです」

「三八。なにくだらねえこと言ってんだい？　それが、丑蔵一家の四人衆として恐れられた男の言うことかい？　だらだら寝てなんていねえで、夜遊びにでも行って来な。そんな夢みたいなものはたちまち吹っ飛んじまうよ！」

辰は半分は本気で怒りながら言った。

「ふっふっふ。かなわねえな、姐さんには」

三八の顔にようやく笑みが浮かんだ。

辰は子分たちと三八の家を出て、浜松町二丁目の丑蔵一家に帰って来たが、入り口で足を止め、

「前の店で飲んでいくよ」

と、言った。

「では、あっしらも」

子分たちがいっしょに来ようとしたが、

「真ん前の店じゃないか。ここに誰が来るんだよ」

「ですが」

「あたしだって一人で飲みたいときはあるんだよ」

そう言われたら、子分たちもしつこくはできない。

それに通りを挟んですぐ真ん前である。なにかあれば、すぐに飛び出して行けるし、酔っ払ったら這ってでも帰って来られる。

子分たちも納得して家に入った。

辰は窓際の樽《たる》に腰をかけると、冷や酒を一気に一杯あおり、すぐに二杯目を頼んだ。

「まったく情けないったらありゃしないよ」

つい愚痴《ぐち》が出る。

これから上野にいるどすぐろ権左を足がかりに、万五郎の縄張りを切り崩していこうというとき、頼りの三八があれでは困ってしまう。

恐れ知らずのふくろうが、いったいどうしちまったのか。

だが、丑蔵一家に危機が迫っているのは確かかもしれない。

このあいだの万五郎と三八の決闘の始末は、虎之助がつけてくれたみたいになった。虎之助が、おしまのやった仕掛けを見破り、それをちらつかせて、あの決闘のことはすべてチャラにするということになったのだ。

もし、虎之助が助けてくれなかったら、いまごろ辰は小伝馬町の牢に、ふくろう三八も万五郎の子分になっていたかもしれない。

――なんてこった。

虎之助にはもう迷惑はかけられない。なんとかここは自分の力で乗り切らなければならないのだ。

辰は二杯目も喉を鳴らしながら飲み干し、三杯目を頼んだ。

いつ頼んだのか、目の前にうまそうな殻付きの貝の煮物がある。実を外して口に入れると、かすかな辛味があり、これが酒に合う。

「へっ、なにが女の呪いだよ。そんなものでどうにかなったら、あたしゃいまごろ天下を取ってるよ」

そう言いながら酒をあおる。

だが、三八はなにに怯《おび》えているのだろう。

そういえば、当たると評判の占い師のおちょんは、あたしの葬式が見えると言って泣きじゃくったのだ。

そりゃあ誰だっていつかは葬式を出すことになるだろう。問題はそれがいつかということ。泣くくらいだから、すぐ近くということなのか。

「もう一杯」

これで終わりにしよう。いくら真ん前の家だって、這って帰るのはみっともない。

それにしても急に酔いが回ってきた。

身体が崩れそうになる。立ち上がろうとするが、足にまるで力が入らない。酒の強い辰が、こんなふうになるのは初めてである。

――ん？

いつの間にか目の前に女が座っている。

辰はぼやけつつある目をこすって、女の顔を見た。

「あんたは……」

女はおしまだった。愛嬌のかけらもない、凄味のある不細工な顔が、まるで口が裂けたかのように大きく歪んだ。

おしまはどうも、笑っているらしかった。

七

「ほんとにここで見てたらわかるんですか？」

窓辺に座って、外を見ながら梅香が訊いた。

「ああ。だが、まだ早いさ。大門を入って来るやつより、出るやつのほうが多くなってからだろうな」

「でも、牛が走ったら、怪我人も大勢出るのでは?」

「なあに、大丈夫さ」

「ああ、早く始まらないかしら。楽しみ」

梅香は酒を飲んでいない。飲めば強いが、飲まなければいられないわけではないらしい。

虎之助も飲まずに甘納豆を食いながら、茶を飲んでいる。これはこれで、乙な遊びである。

「そんなに楽しみかい。太夫になれば、楽しいことだらけなんじゃねえのか?」

「ご冗談を。花魁は籠の鳥ですよ」

「出たら、なにがしたい?」

「なにがしたいんでしょう。落籍されても、またそこで籠の鳥になるのでは、ここにいたほうがましだったと思ったりしてね」

「そりゃあ変なのに落籍されたらそうなるさ」

「いいですね、男の人は夢がおありで」

「夢ねえ」

「おありなんでしょ、有馬さまなら大きな夢が」

どこか厭味っぽい訊き方である。

「夢なんてご大層なものはねえ。欲ならあるが」

「どんな欲なんです？」

と、梅香は訊いた。

さっきもそんなことを考えた。虎之助の欲は喧嘩に勝つこと。

「喧嘩に勝ちつづけることかな」

と、虎之助は言った。

「まあ」

「負けたらそこで終わりだ。おれは、ずうっとそういう世界で生きて来たんだ。勝たなければ、生きていられねえ」

「過酷ですね」

「まあな」

「やくざなんかしてるからでしょう？」

「なんだって同じだ。戦い方に多少違いがあるかもしれねえが、この世は辛いところなんだ、戦わねえと生きていけねえのさ」

子どものころから身に沁《し》みてきたことだった。だから、必死になって戦ってきた。ほんとは戦うことは嫌なのかもしれない。

言いたくないことを、言わされている気がする。梅香でなかったら答えない。

「あ」

梅香が軽く眉をひそめ、首を引っ込めた。

「どうした？」

見ると、嵯峨屋から紀伊国屋が出て来たところだった。用心棒がわりの、体格のいい手代が二人、付き添っている。

「悪党のお帰りだ」

「やっぱり悪党なんですか？」

「ああ。あれはおれより悪い」

「有馬さまより？」

「しかも、おれより馬鹿だ」

「まあ」

「だが、あいつも戦っているんだろうな」

ちょうど窓の下を通り過ぎて行く。

――ん？

向かい側の路地のところに、男と女が立っているのが見えた。なんとなくこそこそした様子である。男のほうは、さっき牛に突き飛ばされたと倒れていた男ではないか。

「梅香。ほら、あそこ」

と、虎之助が指差した。

「はい。二人づれが」

「あの二人、いまから吉原を抜けようとしているのさ。金で身請けすることはできねえ。だが、吉原にいたら、心中くらいしかできねえ。そういう二人なんだろうな」

「無理ですよ。捕まって、ひどい目に遭います。止めさせないと」

梅香が立ち上がった。

「待ちなよ。あいつらも工夫を凝らしたんだ」

「工夫？」

「二人で四つ足の牛になり、猛然と大門を突っ切って逃げようというのさ」

「まあ。では、いま騒ぎになっている牛というのは？」

「あいつらが仕掛けておいたのさ。大門をいっきに突っ切るためには、このなかに牛がいるというのと、暴走牛は怖ろしいというのを門番たちの頭に叩き込んでおかないといけなかったのだ」

「あ、そういうことですか」

「ほら、男のほうが、獅子舞の頭みたいなものを持ってるだろう。それに大きな白い布もついてるぜ」

「あれをかぶって、走るのですね」

男がその牛の頭をかぶり、女がその腰にしがみつくようにして布のなかに入った。

いま、ちょうど紀伊国屋が出て行こうとしているところである。門番たちも紀伊国屋にぺこぺこしている。

まさに絶好の機会。

牛が猛然と駆け出した。仲之町の通りを斜めに突っ切って行く。

「お、これはやれる」

と、虎之助が膝を叩き、

「頑張って」

と、梅香がつぶやいたとき、思わぬことが起きた。

牛の後ろ足ががくりと砕けた。

女が転んだのだ。というより、花魁は吉原から出られないので、ほとんど歩かない。足が弱っていて、走ることができないのだ。

紀伊国屋は大門を出て行ってしまった。

「なんてこと……」

梅香の目から涙が滴《したた》り落ちている。

「しょうがねえな」

と、虎之助は立ち上がった。

「え？」

「おれもいっしょに駆けてやるか」

「助けるのですか?」

と、梅香が訊いた。

「ああ。六本足の牛がいたことにするのさ」

「まあ」

「梅香、また来るぜ」

「三度目ということですか?」

「いや、その前にやくざとしてやれることを見せてやるよ。悪いが、下にいるおれの家来たちに、山谷堀の舟で待っていると伝えてくれねえか」

そう言って、虎之助は尾張屋から出て行った。

八

虎之助は、闇のなかにうずくまっている男女に近づくと、

「おう、おめえら。おれが手伝ってやるぜ」

と、声をかけた。

「え？」

「抜けてえんだろ。抜けられなかったら、どうする？」

「そ、そのときは二人で死にます」

若い男が言った。小柄な、いかにも頼りなげな男だった。

「はい」

わきで花魁がうなずいた。まだ、十七、八くらいにしか見えない。

「よし。そういう覚悟なら手伝ってやるぜ」

「手伝うって？」

「おれが五本目と六本目の足になるのさ。花魁を後ろから支えてやるよ」

「ありがとうございます」

二人は虎之助に手を合わせた。

「おい、手を合わせるなら、この背中に合わせてくれ。情け有馬の水天宮だ」

と、右腕を胸元から抜き出し、背中の水天宮を拝ませた。

闇のなか、菩薩《ぼさつ》とも弁天とも見紛うほどの美貌の女が、背中にかいた汗のせいか、きらきらと光り輝いた。

「情け有馬の……」

「水天宮……」

男女が手を合わせた。

嵯峨屋のほうを見ると、高尾太夫といっしょに荻生徂徠が出て来たところだった。

荻生はいままでに見せたこともない、だらしのない笑顔を見せている。

高尾太夫のほうはそっけなく背中を見せ、さっさと帰って行く。

荻生徂徠が一人で、浮かれた足取りで大門のほうへ向かう。

「おい、あのすけべったらしいおやじが出るところを狙うぜ」

「はい」

「いまだ」

牛の頭と布をかぶった三人が一気に駆け出した。虎之助は、前にいる花魁をほとんど持ち上げるようにして走っている。さっきとは大違いの、凄い速度になった。

「うわっ、なんだ?」

「牛だ！　やっぱりいたんだ」

門番たちが騒いだ。

「危ねえ、はね飛ばされるぞ！」

薄い布だから、向こうのようすもよく見える。

門番たちが逃げ惑うなか、荻生徂徠はなんのことかわからないので、啞然として棒立ちである。

そのわきを駆け抜ける。

よく見れば、六本足だし、つくりものめいた牛の顔にも気づいただろう。

だが、牛は怖いという頭がある。しかも、暗い夜である。

「避けろ、避けろ！」

皆、逃げ惑った。

荻生徂徠のわきを駆け抜けようというとき、虎之助はかぶった布のあいだからこぶしを突き出すと、荻生の顔面に叩きつけた。「馬鹿」だの「鈇」だのと言ったお返しである。

ばきっ。

と命中し、荻生徂徠は鼻を押さえながら、地面に崩れ落ちた。

「お武家さま。大丈夫ですか？」

門番が駆け寄って、助け起こそうとする。

「う、牛が、ツノで、わたしの顔を殴りつけおったぞ」

九

虎之助が先に舟で待っていると、町太と護衛の家来二人がもどって来た。

「どうしたんです、虎之助さん?」

と、町太が訊いた。

「うん、ちっと人助けさ」

さっき別れぎわに、かんたんに二人のことを訊いていた。

男と花魁は、同じ甲府の在の出で、日照りの年に女が桂庵《けいあん》に売られてしまったのを追って、男は江戸に出て来たということだった。

「まだ、追われるようだったら、三田赤羽橋の有馬屋敷に、水天宮を拝みに来な」

そう言って、別れたのだった。

ざっと町太に牛の件を話してやると、

「そんなことがあったので」

と、自分も加わりたかったというような顔をした。

虎之助はしばらく、大川を下る舟から町の灯りを眺めていたが、

「ところで、町太、お前、たしか葛飾あたりの百姓の次男坊じゃなかったか？」

と、訊いた。

「次男じゃなくて三男ですが、生まれは中川の向こうの船堀村ってとこです」

「おめえんとこは、牛は飼ってねえのかい？」

「飼ってますよ。何頭も」

「一頭ゆずってもらえねえか？　もちろん、正当な値で」

「牛を？　なにするんですか？」

虎之助が急に突飛なことを言い出すのには慣れているはずだが、それでも町太は意外そうな顔をした。

「うん。ちっと乗ろうかと思ってるんだ」

「馬じゃなくて、牛に？」

馬なら上屋敷や下屋敷に何頭も飼っている。

「ああ。もしかして、町太は家から勘当されてるのか？」

「いや、そんなことはありません。もちろん立派なことをしているとは思ってねえでしょうが、何年かに一回くらい顔出すと、どぶろくくらいは飲ませてくれる仲です」

「だったら、頼んでくれよ」

「わかりました」

町太は三田赤羽橋のたもとで虎之助たちが降りると、その舟で深川の先にある船堀村へ向かった。


次の日——。

用人の田村がやって来て、

「殿、さっそく紀伊国屋から報せがありまして、二万両をお届けしたいと言ってきています。それと、みかんのお約束についても、きちんと文書を交わしたいと」

「もう、来たか。それじゃ明日の暮れ六つごろに吉原の尾張屋で受け渡しと契約のことをやろうと返事してくれ」

「吉原で、ですか？」

「うん。そのほうが景気もつくってもんだ」

「なるほど。それと、さっき町太がもどって来て、なんでも牛は臭いので下屋敷のほうに入れたと申してましたが」

「もうやってくれたのか。さすがに町太は素早いよな。下屋敷にな。なるほど、そのほうが稽古にも都合がいいぜ」

「稽古？」

田村は訳がわからないという顔をした。

「それと、田村。お前、このあいだ、相撲取りがなんたらとか言ってたよな」

「あ、はい。付き合いのあるほかの江戸家老に訊かれまして、有馬さまのところで一人、相撲取りを雇わないかと」

江戸では相撲人気が高まっている。しばしば神社や寺の境内で興行が催されるが、ふだん力士は大名のお抱えとして面倒を見てもらっている。

相撲取りはなにせ身体が巨大だから見映えがする。このため、大名行列では先頭を歩かせたりして、好んで力士を抱える大名もいる。

虎之助はとくに興味がなかったので、適当な返事をしておいたが、それを思い出したのである。

「身体はでかいのか？」

「そりゃあ、もう凄まじいらしいです。なにせ目方は六十貫（約二百二十五キロ）ほどあるらしく、二万石の大名ではとても食べさせられないと嘆いてましたて」

「いいじゃねえか。そいつを抱えようぜ」

「え？　本気で？」

「ああ。屋敷は遠いのか？」

「いえ、飯倉にあります」

「おう、さっそく連れて来てくれ」

「殿。もしかして、吉原と牛と相撲取りは皆、関わりがあるのですか？」

「なんで？」

「いや、殿の頭のなかでは、よく、関わりのないものがくっついたりするみたいなので」

田村がそう言うと、虎之助は、

「おれのことがわかってきたじゃねえか」

と、田村の肩がはずれそうになるくらい叩いた。

十

昼過ぎには、虎之助は町太と護衛の野依、それと紛らわしいが犬のうしを連れて高輪の下屋敷に入った。

「ほんとに乗るんですか？」

町太が呆れて訊いた。乗るためというので、一回り小型だが機敏な牛をゆずってもらったという。それでもがっしりして、大きな猪も顔負けである。

「乗っちゃいけねえのか？」

「いや、子どものとき、乗ってた覚えがあります。でも、馬に乗るみたいに恰好はよくありませんよ」

「恰好なんざどうでもいいんだ」

虎之助は牛に跨《また》がった。馬よりかなり胴が太く、その分、大きく股を広げなければならない。慣れない姿勢だが、愉快な感じがある。

「お、いいねえ」

つい笑みがこぼれる。

馬だと戦がやれても、牛は戦には似合わない。

このままでも乗れなくはないが、いちおう首に縄を巻き、手綱にした。

「どう、どうっ」

尻を叩くと歩き出した。

「本気で走るとけっこう速いですよ」

「速いほうがいいんだ。今度は本物の牛で吉原の大門を駆け抜けるから」

虎之助がけしかけると、牛はだんだん速く走るようになって来た。

なにせ市中にある馬場より、ここの庭のほうが遥かに広い。

虎之助を乗せた牛が身体を揺さぶりながら走る光景は、なかなか迫力がある。そのあとを、これまた巨体の犬のうしが走る。

これで江戸の町に出たら、皆、度肝を抜かれることだろう。

「虎之助さん。吉原に入るって言っても入れてくれないでしょう」

「そこは知恵を絞ったんだよ」

と、その知恵とやらを説明すると、

「はあ」

町太は呆れるばかりである。


結局、牛乗りの稽古で日が暮れてしまった。

三人と犬のうし一匹。提灯を点して帰り道を辿る。

高輪の下屋敷から三田赤羽橋の上屋敷までは高台を行く。しばらくは大名の下屋敷や中屋敷がつづき、人けはほとんどない。

この晩も月明かりはなく、あたりは静まり返っている。

しばらく歩いたとき、
がるるる。

と、犬のうしがしきりに唸り出した。

「うし、どうしたんだ？」

綱を持っていた町太が訊いた。

「いるんだよ、そこらに」

と、虎之助が言った。

「なにがです」

「決まってるじゃねえか。おれの命を欲しがるやつさ」

「万五郎のところの者ですか？」

町太はさりげなく、懐に手を入れ、胡桃《くるみ》大の石を摑んだ。人呼んで、つぶての町太。虎之助が唯一、喧嘩したくない相手である。負けはしなくても、相当痛い思いをする。

「いや、万五郎のところなら、もっとぞろぞろ連れて来るよ。ほれ、そこに」

大きなけやきの木の陰から、提灯も持たない男がうっそりと姿を見せた。

「あれ、あいつは？」

町太が提灯を突き出すようにして言った。

「ああ、この前、国許からもどったやつさ。小野寺知恵ないとか言ったっけ」

小野寺十内である。

「向こうで相手を殺すのにしくじって、今度は向こうの言いなりになってやがる。

情けねえ野郎だぜ」

「向こうの殿は……」

　と、小野寺が言うと、

「殿じゃねえだろう！」

　虎之助の大きな声が響いた。

「殿はおれだ。馬鹿。向こうにいるのは、ただの冷飯食いだ」

「ひ、冷飯食い……教養もあり、作法も心得た立派なお方だ。失礼だが、則維さまとは大違いですぞ」

「ばあか。教養だの作法だのがあったって、藩主にはなんの役にも立たねえんだよ」

「では、なにが？」

「喧嘩の強さに決まってるだろうが。将軍とだって喧嘩して勝てるようじゃなきゃ、二十一万石の藩主は務まらねえんだよ。ほら、いいからかかって来いよ！」

「ご免」

　小野寺十内はさっと刀を抜き放ち、虎之助に向かって突進した。

このとき――。

町太が小野寺につぶてを投げ、それが顔面に命中するのと、犬のうしが大きく跳んで、虎之助の前に出ていた野依新左衛門に襲いかかったのは、ほぼ同時だった。

そこからすぐ、虎之助が弾けるように動くと、抜いた刀で小野寺十内の右腕を断ち斬った。

どさっ。

と大きな音がして、刀を掴んだままの右腕が下に落ちた。

さらに、そこへ町太がとどめとばかりに小野寺の懐に飛び込み、短刀を深々と突き刺した。

「よし、小野寺はやった」

「虎之助さん、うしが」

うしは野依と取っ組み合いになっている。野依が刀を抜こうとした右腕に食いついたのだ。

「いいんだ、これで」

「野依さまは?」

「国許とつるんでいるのさ。おれに寝返ったと言いながら、小野寺が来て、またそっちに回ったんだろうな。もっとも、おれは端《はな》っからこんな野郎は信用してなかったがな。うし！　もういい。こっち来い！」

うしは嚙みつくのを止め、虎之助の足元にもどって来た。

野依はゆっくり立ち上がった。右腕からかなり血が流れている。うしに相当深く嚙まれたらしい。

まだ、戦う意欲はあるらしく、その血だらけの手で刀を抜いた。

途端、町太のつぶてが顔面を直撃。それで、ぐらりと身体が揺れた。

「く、糞ぉ」

向かってくるところに、虎之助が殴りつけるように刀を叩きつけた。

「面倒臭《くせ》え野郎だ。早く、あの世に行け！」

十一

次の日――。

暮れ六つ近くになって、虎之助はふたたび吉原に行った。

用人と田村ともう一人、恐ろしく大きな、肥った男といっしょである。久留米藩が抱えることになった相撲取りで、虎之助が新たに四股名《しこな》をつけた。

海ヶ風呂《うみがぶろ》。

あまりの大きさに、海を風呂がわりにしているという意味だそうである。

なにせ藩主の決めたこと。当人も嫌とは言えない。

紀伊国屋から借りる二万両を持ち帰るが、それを運ぶため、力持ちを連れて来たという触れ込みである。

大門をくぐった途端、皆がいっせいに口を開け、後ずさった。

「ほらほら、踏まれるなよ」

虎之助がわきで門番たちに言った。

尾張屋の前まで来て、総名主の三浦屋四郎左衛門と出喰わした。高尾太夫の抱え主でもある。あのあと、高尾は三浦屋になにか言ったのか、それは知らない。

「一昨日の夜は面白かったですな。六本足の牛が飛び出して行きました」

と、三浦屋は言った。

「見てたのかい？」

「ええ。あれは、有馬さまがあの者たちの企みを察したからやれたことですよね」

「まあな」

「たいしたものだと感心しました」

「総名主が足抜けを感心しちゃまずいんじゃねえのかい？」

と、虎之助はからかうように言った。

「はい。ですが、どうしたって足抜けをする者は出て来るんです。ただ、あんなふうに知恵を使われると、こっちもやられたと思ってしまいます」

「さすがに太っ腹だ」

「それより、有馬さまの眼力が」

「なあに、そういうのはわりと得意なのでな」

人の思惑を見破ることができるかどうか、それこそがやくざの生き死にの分かれ目なのだ。

「それで、ここで会ったついでに総名主に相談なんだがね」

「なんでしょう。有馬さまに相談していただけるとは嬉しいですな」

「本物の牛を一頭、ないしょでこの吉原に持ち込みたいんだ」

と、虎之助は三浦屋の耳に口を寄せて言った。

「本物を？　ま、わたしはかまわないのですが、吉原は清潔を身上としておりましてね。牛はいっしょに蠅《はえ》を連れて来たり、糞を垂れ流したり、臭ったりと、あまり清潔とは言えなくなりますので」

「もちろん長居はさせねえ。持ち込んだら、すぐに出て行くよ」

「そんなことができますか？」

「なんとかね」

「それも見てみたいですな」

「じゃあ、今晩やるよ」

「ほう。ま、あとでいろいろ面倒なことになったら、その処理はお引き受けいたしましょう。ただ、わたしと有馬さまが昵懇《じっこん》だということは、先々のためにもあまり知られないほうがよろしいかと」

と、三浦屋は言った。

なんで三浦屋はこれほど自分に肩入れしようとしているのか。

――ふうん……。

虎之助、ぴんと来ないことは、あまり深く考えたりはしない。

虎之助は尾張屋に入り、暮れ六つ近くに二万両を荷車に乗せて、紀伊国屋がやって来た。

「これはまた」

紀伊国屋も虎之助といっしょにいた海ヶ風呂を見て、目を丸くした。

「なあに、千両箱を運ぶのに手間要らずなのでな」

と、虎之助は言った。

すぐに契約の文書も整い、海ヶ風呂が千両箱を運ぶ段になった。

縄をかけると、なんと一回で千両箱十箱を山谷堀に泊めた舟まで運んで行く。わずか二回の往復で、二万両を運び終えてしまった。

「うむ。疲れただろう。まあ、一息つくがよい」

虎之助がそう言って、海ヶ風呂をねぎらったときである。

「ううっ」

と、海ヶ風呂は腹を押さえ、うずくまった。

「どうした、海ヶ風呂？」

虎之助が心配そうに訊いた。

「は、腹が破れそうです」

海ヶ風呂は苦しげに言った。

「有馬さま。やはり千両箱十箱を持ったのがいけなかったのでは？」

紀伊国屋が呆れたように言った。

「おい、田村。海ヶ風呂を医者に連れて行くぞ！」

「はい」

「駕籠を用意しろ」

「駕籠だ、駕籠だ」

田村が飛び出して行こうとするのに、

「田村。海ヶ風呂はそこらの駕籠じゃ運べないぞ！」

「わかりました。例の駕籠を！」

田村が町太たちを連れて大門を出て行くとまもなく、外からとんでもなく大きな駕籠が入って来た。つくりは簡素だが、八人ほどで担いでいる。

「大変だ。相撲取りが急病だ」

町太が先頭で騒ぐと、門番たちも、

「あの相撲取りじゃ、これくらいの駕籠でなきゃ運べねえだろうな」

と、しきりに納得するばかり。

駕籠が尾張屋のわきにつけられた。

そのあたり、店の前に並んだ提灯の明かりからはちょっと外れる。そのため、駕籠のなかから途方もなく大きななにかが、のっそりと降りたのは、誰も見咎めることはなかった。

すぐに二階から、腹を押さえ、脂汗を流している海ヶ風呂が降りて来て、今到着した駕籠に乗せられ、ふたたび大門を出て行った。

「いやあ、驚きましたな」

突如巻き起った珍奇な騒ぎに、尾張屋のあるじ以下、唖然として声もない。

「では、有馬さま。わたしはこれで」

紀伊国屋も、今宵はゆっくりする気もなくなったのか、例の手代二人を連れて帰って行くらしい。

「うむ。では、今後ともよろしく頼む」

丁寧に頭を下げた虎之助だったが、紀伊国屋を見送るとすぐ、さっきの尾張屋の物陰に入り込んだ。

「よし、よし。大人しくしてくれてありがとうよ」

虎之助が声をかけたのは、もちろん例の牛。その牛の背中に跨ると、大きな布をすっぽり頭からかぶった。

「それ、行くぞ！」

昨日さんざん稽古した牛乗りである。

吉原の大通りに飛び出すと、いっきに大門めがけて駆け出した。

「あれは、なんだ！」

こっちに気づいた門番たちが騒ぎ出した。

「牛だ、牛だ」

「また出た」

いったい、いつ、どこから入ったのか、門番たちにはそんなことなど考える余裕もない。とにかく、この数日以来、牛という言葉を聞いた途端、総毛立つ思いになるよう、身体ができてしまっている。

「逃げろ、すれ違いざま、殴られることがあるぞ」

ぱあっと散った門番たちのあいだを、虎之助が乗った牛が、黒い火の玉のように驀進《ばくしん》した。ちょうど出口のすぐ先。紀伊国屋も唖然と見つめるわきを通り過ぎるとき、虎之助は布の下から手を出し、思い切り頭を殴りつけた。

「お前も、おれを馬鹿だの鋏だのと言ったよな」

という言葉は、周囲のどさくさにまぎれて、紀伊国屋の耳には届かない。

このようすを、二升太夫は大門のすぐそばで眺めていた。虎之助の子分の町太から、「いまから始まることを見てくれ」と伝えられていたからである。

一部始終を見て、梅香は腹を抱えて笑った。

「ああ、もう、信じられない。途方もないあんなお馬鹿さんが、この世にいるなんて！」

十二

ふくろう三八が呻いていた。さっきから胸の痛みがひどくなっていた。

その声を聞いて、女房が階段を駆け上がって来た。

「どうしたんだい、お前さん？」

「む、胸が苦しい。針で胸の真ん中を刺されているようなんだ」

「待っておくれ、いま、医者を呼んで来るから」

女房は慌てて、階段を駆け下りて行った。

――なんなんだ、これは？

女房は医者を呼びに行ったが、これが病とは思えなかった。こんな、胸に焼け火箸を押しつけられるような痛みが、病のはずがあるだろうか。

「親分、大丈夫ですか？　しっかりしてください！」

子分たちも枕元に集まって来ていた。

「外を見てくれ。おしまが来ちゃいねえか？」

子分たちが窓から外を見て、

「親分、海のほうには誰もいませんよ。舟も見えません」

「こっちの道側にも誰もいません」

と、答えた。

「なんてこった。だが、おしまが来てるはずなんだ。あの化け物がどっかそこらにやって来て、おれの藁人形に五寸釘だか針だかを打ち込んでいるに違いねえ。でなければ、こんな痛いことにはなるわけがねえ」

「おい、誰か町内を調べて来い！　妙なのがいたら引っ張って来るんだ」

若い衆が怒鳴った。

「いや、もう、駄目だ。こりゃあ、辰姐さんだって危ねえ。やっぱり虎之助さんに出張ってもらわなくちゃ、あんな化け物とは戦えねえんだ」

「だったら、虎之助さんに」

子分がそう言ったとき、

「ううっ」

三八の顔が大きく苦悶に歪み、仰向けにのけぞるように後ろへひっくり返った。

「あんた、医者を連れて来たよ。あんた、どうしたんだい？」

女房が医者を連れて駆け上がって来た。医者はすぐに、胸を開き、耳を胸につけようとしたが、胸の真ん中に赤い血が沁み出しているのを見て、

「これはなんだ？」

と、目を瞠った。胸に触れるのはやめ、手首で脈を取り、つづいて瞼をめくった。

「駄目です。ご臨終です」

と、医者は言った。


そのころ、辰はまだ頭がふらふらしていた。

どうもあの酒に変なものが入っていたようだった。

それにしても、この酔いはひど過ぎないか。一晩どころか、もう二晩か三晩ほど、酔っ払いつづけている気がする。

「誰か、水を持って来ておくれ」

辰はそう言って身体を起こし、あぐらをかこうとすると、足に縄がついているのに気づいた。

——なんだい、これは？

太い麻縄でがっちり結ばれているので、ほどくのは容易ではない。

「三太！　庄吉！」

いつもそばにいる子分の名を呼んだ。

「ちっと来ておくれ！」

だが、誰も来ない。

だいいち、ここはどこなのだろう。見たことのない部屋にいる。

——はっ！

後ろの戸が開いた。

「うるせえ、婆あ」

見るからに柄の悪い男が出て来て、辰に向かって凄んだ。

ふつうの女なら、この顔だけでも気絶するだろう。だが、辰という女は、向かって来る者には、さらに凄い勢いでかかっていくことを身上としてきた。

「ぬぁーんだとぉ！」

と、軽く吠えた。

ここからである。

「てめえ、誰にもの言ってんだ、この馬鹿たれが。うるせえ婆あだとぉ？　糞袋にゲロ詰めたようなつらして、がたがた言ってんじゃねえってんだよ。がきゃあ、どこの一家のもんだ。おれの顔も知らねえで、いままで生きて来たのか、この馬鹿糞野郎！　ぼけぼけしてねえで、早く親分連れて来いってんだ、てめえの親分、馬鹿親分、この豚鼻のどんごろうすぅぅう！」

凄まじい早口でいっきにまくし立てた。

最後のあたりは、自分でもなにを言ってるのか、わからない。

男は唖然として、後ろを振り返り、

「姐さん……」

と、声をかけた。

「ああ、あたしが相手するよ」

そう言って、すうっと女が入って来た。辰は、なにか凍った風でも吹き込んで来たような気がした。かわりに男がまるで逃げるように出て行った。

「あんたは……」

襲名披露のときに会って以来だった。

鎌倉の万五郎の女房、おしまがそこにいた。

「不忍のお辰もいいざまだね」

「なんだって？」

「調子に乗って飲み歩いてるから、こういう目に遭うのさ」

「この糞アマ！」

立ち上がって、引っ掻いてやろうとしたが、まだ身体がふらついている。

倒れそうになったところを、頬を張られた。

一発ではない、二発、三発とつづいた。

「ざまあ見な」

「てめえ、おしま。こんなことして、無事でいられると思うなよ」

辰は上目づかいに睨み、凄んだ。

「そりゃあ、どっちの台詞《せりふ》だい。いまごろ虎之助が探し始めているかもしれないけど、ぜったい見つからないよ」

「見つけさせてみせるさ。あたしの大声を甘くみるんじゃねえよ」

「へえ」

「虎！　助けておくれ！」

だが、なんの音もしない。それに虎之助は来ない。なにがあっても虎之助には頼るなと、このところさんざん言い聞かせてあったのだ。だからいまごろは、せいぜい子分たちが慌てふためき、そこらを探し回っているくらいだろう。

ここはいったいどこなのか。

「外、見せてやるよ。見てみな」

辰はおしまが入って来た戸を自分で開けた。

「あっ」

息を飲んだ。波にかすかな月明かりが砕けていた。

「海の上……」

「そういうこと。いくらあんたが大声出したって、陸地には届かないのさ」

「だったら、さっさと殺しやがれ」

「殺すさ。もちろん」

と、おしまは嬉しそうに笑った。その笑いは、辰ですら背筋が冷たくなるほど酷薄なものだった。

「あたしは、嫌いな女は山ほどいる。あんたみたいなのもその一人。言いたいこと言って、その歳まで生きて来られたってだけで、むかむかするのさ」

そう言って、おしまは履いていた雪駄《せった》の片方を脱ぐと、鼻緒に二本の指をかけ、これで辰の顔を左右から張った。俯いて避けても頭を張られ、しかも次に下から張ったため、まともに顔面を打った。

「きれいな顔、してたからね」

「ああ。あんたみたいにひどいご面相じゃなくてよかったよ」

「言ってろ。その顔をずたずたにしてやる」

おしまは、辰の髪を摑んで顔を上向きにさせると、雪駄の底で何度も激しく叩いた。雪駄はふつうの造りではない。こうした拷問用なのか、革に鋲《びょう》のようなものが打ってある。それを顔に打ちつけてくるのだ。

まぶたが腫れ上がり、鼻血が飛び散るのがわかる。凄まじい痛みで、意識が薄れそうになる。

それにも耐え、辰はまだ喚いた。

「この糞女！　あたしを舐めるな。あたしは天下の丑蔵一家の親分だぞ。あんたみてえに、男に頼っている女とはわけが違うんだ」

「男に頼っているだって？」

「そうだろうが。なんのかんの言ったって、万五郎の力にすがって生きてるんじゃねえか。文句があるなら親分張ってみろ。おのれの手で子分食わしてみろ。それもできねえだろうが。手妻臭え呪いなんかでこの不忍のお辰がやられるもんか！」

まだまだ喚く元気は残っている。

だが、そんな辰も、おしまがそっと辰の目の前に出したものを見たとき、心がすうっと萎えていくような気がした。

おしまが突き出したのは、冷たく輝く細い針であった。